정유정, 이야기를 이야기하다

• 이 도서의 국립중앙도서관 출판예정도서목록(CIP)은 서지정보유통지원시스템 홈페이지
(http://seoji.nl.go.kr)와 국가자료공동목록시스템(http://www.nl.go.kr/kolisnet)에서 이용하실 수 있습니다.
(CIP제어번호: CIP2018006509)

이야기하다

정유정, 이야기를

정유정
×
지승호

은행나무

| 차례 |

사람을
늘 놀라게 만드는

소설 아마존,
정유정

제가 정유정 작가를 만난 것은 2003년 모 인터넷 사이트에서였습니다. 꽤 큰 논쟁에서 정 작가와 저는 반대편이었지요. 지금 생각해보면 이 에너지 넘치는 작가를 상대로 무슨 짓을 한 건가 하는 생각도 들지만, 저도 그땐 꽤나 비장파였습니다.

오프라인에서 처음 만났을 때 저한테 쿨하게(?) 그러더군요. '그땐 니가 옳았어'라고. '그런데 왜?'라고 되물었을 때 '그냥 몰리는 그 사람을 비난할 수 없었고, 다시 비슷한 일이 생겨도 그런 선택을 할 것 같다'고 답하더군요. 그때 많은 생각을 했던 것 같습니다. 내가 옳다고 생각하고 주장한 것이 꼭 옳은 일만은 아닐 수도 있다는 사실을.

여전히 '거리의 악사'라고 생각하는 저는 게시판에 여러 넋두리를 늘어놓으면서 에너지를 만들어내는 방식으로 버텨오던 시절이었습니다. 그래서 썼던 글 중 하나가 〈나는 거리의 악사다〉라는 글이었는데, 당시 세 편의 소설을 냈지만 크게 각광을 받지 못하던 정 작가에게 동병상련을 느끼게 했던 글이었나봅니다. 저 역시 정유정 작가의 글을 보면서 그런 것을 느꼈었구요.

이 '프롤로그'를 쓰기 위해 당시 주고받았던 메일을 보니 이런 표현이 있네요.

"〈거리의 악사〉를 수차례에 걸쳐 읽었지요. 그럴 때마다 혼자 훌쩍이곤 했습니다. 감수성, 독기와 오기, 자존심, 하다못해 상처를 드러내는 방식까지 저랑 비슷한 구석이 많았습니다."

정 작가는 〈러닝 맨과 거리의 악사〉라는 멋진 글을 게시판에 남겨 저를 위로해주었습니다. 지금도 에너지가 필요할 땐 가끔 꺼내 읽는 글입니다.

"나는 인간 지승호를 모른다. 그러나 〈거리의 악사〉라는 글은 그의 책을 읽게 되는 계기가 되었고, 순수한 글쟁이 지승호의 팬이 되었다. 글쟁이로서 지승호는 참으로 매력적이었다. 그의 글에서 현실을 인정하되 거기에 매몰되지 않으려는 몸짓과 생생하게 꿈틀거리는 사람으로서의 정신을 읽을 수 있었기 때문이다. 목적지는 다르나 같은 도구를 이용해 길을 가는, 그리고 겨우 걸음마를 시작한 병아리 글쟁이로서, 그의 그런 미덕은 정말이지 탐나는 것이 아닐 수 없었다."

하지만 그 글은 정유정 작가가 스스로에 대해 쓴 글이 아니었나 싶네요. 지금 생각해보면 말입니다. 그때 서로 '이걸로 밥벌이를 할 수 있을까, 이 길이 내 길이 아니라면 빨리 그만둬야 하는 건 아닐까?'라는 고민을 공유하면서 가끔 메일을 주고받았었는데, 그런 정 작가가 어느 날 갑자기 사라졌습니다.《28》의 첫 문장 '베링해가 훅, 사라'진 것처럼.

몇 년 후 "세계일보 청소년문학상 수상자 정유정"이라는 기사를 봤습니다. 단번에 그 사람일 거라는 짐작을 했지요. 글에 대한 그 정도 열정과 에너지였다면. 그리고 축하한다는 메일을 보내고 이런 답을 받았습니다.

> "사실대로 말하면 한 3년 세상과 인연을 모두 끊어버리고 동굴에서 마늘하고 쑥 묵고 도 닦았어요. 이번에도 안 되면 혀 물고 죽는 거다, 하면서. 에혀…… 그 고통스런 심정을 어떻게 말로 표현하겠습가. 꺼이꺼이."

그 심정 왜 모르겠습니까? 그런데 잠시 연락이 되던 그가 다시 훅 사라졌습니다. 다음 작품을 위해 칩거하나보다 생각했습니다. 그런데 이번에는 세계문학상 수상자로 매스컴을 타더군요. 알고 보니 청소년문학상을 받고 나니 청소년 소설 원고 청탁만 들어와서 거기에 자신을 한정 짓고 싶지 않다고 스스로 유폐시킨 것이었습니다. 이야기를 사람들에게 전하고자 하는 열정이 정말 대단하다는 생각이 들었습니다. 청소년 작가로 스스로 한정 지어지기 싫어서 모험을 택한 방식이 정유정답다는 생각이 들었고요.

몇 년 전 저에 대한 이런 댓글을 봤습니다. "부르는 대로 받아 적으면서 본인 이름 붙이자면 상당히 쪽팔릴 텐데. 15년을 하는 거 보니 낯이 두껍군."

물론 전부는 아니겠지만, 15년 넘게(지금은 18년째네요) 해온 일에 대한 평가를 여전히 이렇게 하는 사람들이 있다는 것을 보면서 너무나 무섭다는 생각이 들었습니다. 도대체 언제쯤, 하는 생각이 들어서. 결국 인터뷰어로서 이런저런 평가들을 극복해오면서 한 계단 한 계단 올라온 삶인데, 이런 글을 볼 때마다 무릎이 꺾이는 기분입니다.

정유정 작가도 그런 평가들을 극복하면서 최고의 소설가, 이야기 꾼의 자리에 올랐을 것입니다. 공모전을 열한 번 탈락하면서 11전 12기를 하는 동안 정유정 작가는 얼마나 외롭고, 힘들었을까요? 장르는 다르지만 글을 쓰는 사람으로서 그런 것을 노력과 실력으로 극복한 정 작가가 너무나 대견하고, 자랑스럽습니다. 동병상련의 마음을 가지면서 평생 응원할 수 있는 동료인 정유정 작가가 저에겐 너무나 고마운 존재라는 생각이 들었습니다.

정유정 작가는 끊임없이 이야기를 하고 싶은 자신의 욕망에 대해 이렇게 말했습니다.

> "나도 스티븐 킹처럼 정말 나이 많이 들어서까지 끊임없이 쓰고 싶은 욕망이 굉장히 커. 불안하고, 무서운 것이 그거야. 어느 날 갑자기 세상에 할 이야기가 없어질까봐. 나는 그때는 어떻게 되는 거지, 별 생각이 다 들어. 그러면 나 자살할 것 같은데, 그런 생각도 들고. 나는 잡초처럼 생존 본능이 강한 사람이라서 힘든 일이 있다고 '나 죽고 싶다'라는 말을 해본 적이 없거든. 그런데 소설을 못 쓰는 상황이 오면 그런 생각이 들 것 같아. 할 이야기가 없어서 '나 이제 소설 그만 써야 할 것 같다'는 상황이 오면 진지하게 나는 죽을 때가 됐다는 생각을 하지 않을까, 하는 그런 생각이 들더라고."

정유정 작가가 작품 활동을 하는 태도를 보면 무당이 굿을 준비하는 자세와 비슷하다는 느낌이 들 때가 있습니다. 이런 표현을 정유정 작가가 좋아하지 않을지도 모르겠네요. 무당이라는 것은 이승하고 저승을 매개하는 영매이기도 하고, 작가는 독자와 세상 사이에서 어떤 영매 같은 역할을 하기도 합니다. 굿이라는 것이 귀신이라는 존재와 싸우는 느낌도 있고, 엄청난 프로페셔널이지만, 굿할 때마다 새로운 준비를 해야 하고, 각별한 긴장을 해야 되는 일이기도 합니다. 잘못하면 작두에 발이 베일 수도 있고요. 늘 새로운 굿을 준비하듯 철저하게 임하는 정유정 작가의 태도를 보면서 프로로서의 태도에 대해서도 많이 배웠습니다.

《데뷔의 순간》이라는 책을 통해 박찬욱 감독은 이렇게 말하더 군요.

> '진짜 이 길이 내 길인가' 하는 불확실성과 마주하면서 버틸 수 있었던 힘은 '이것밖에 없다'는 생각이었다. 할 줄 아는 다른 게 없으니 '선택의 여지'나 그런 게 없었다.

이 말을 읽으면서 정유정 작가가 오버랩이 되더군요. 인터뷰어로 서 정유정 작가로부터 많은 얘기를 들을 수 있었습니다. 이건 행 운이라고 할 수밖에 없겠지요. 팬으로서 정유정 작가의 다음 작 품을 기다리게 됩니다. 정유정 작가라면 절대 실망시키지 않을 이 야기를 가지고 다시금 저를 깜짝 놀라게 하겠지요.

어느 소설가는 '비행기를 탈 때 읽기 시작해서 내릴 때까지 놓을 수 없는 작품을 쓰고 싶다'는 말을 했습니다. 한국에서는 정유정 작가가 그런 작가라고 생각합니다. 정유정 작가의 건투를 빕니다.

지승호

1부

등단을 향한 여정

지승호(이하 '지')_ 책이 아닌 직업인으로서 작가 정유정 하면, 가장 먼저 떠오르는 건 간호사 출신이라는 점과 마흔이 넘어 등단했다는 점이 아닐까. 간호사 생활은 얼마나 했나. 늦은 나이에 작가가 되겠다고 결심한 계기가 있나?

정유정(이하 '정')_ 직장 생활은 총 14년 정도 한 것 같다. 간호사로 5년, 건강보험심사평가원에서 심사직으로 9년. 뒤늦은 나이에, 어떤 계기로 작가가 되기로 결심한 건 아니다. 어려서부터 작가가 꿈이었다. 그런데 어머니가 문학하는 걸 반대해서 결국 간호대학에 갔다. 대학을 졸업한 후엔 어머니가 돌아가셨고, 나는 직장인이자, 세 동생의 엄마, 한 집안의 가장으로 이십대를 보냈다. 막내가 대학 2학년을 마치고 군에 입대한 후에야 비로소 짐을 벗었다. 그 바람에 맨손으로 결혼했고, 집을 산 후 비로소 습작을 시작할 수 있었다. 그때가 만 서른다섯이었다. 등단까지 6년 걸린 셈이다.

지_ 사표 낼 때 남편이 찬성하던가. 맞벌이에서 외벌이가 되면 힘들었을 텐데.

정_ 심사평가원을 그만둘 때, 주변에서 많이 말렸다. 뜬구름(문학)을 잡겠다고 신분도, 연봉도 안정적인 전문직을 그만두는 건 아닌 것 같으니 한 번 더 생각해보라고. 그때 내 연봉이 남편보다 두 배 가까이 많았다. 아이는 아직 어렸고, 아파트 대출금도 갚아야 했고. 게다가 남편은 미 피츠버그 의대로 응급구조 관련 장기연수를 떠나기 직전이었다. 해외연수 중엔 월급이 제대로 나오지 않는다. 남편 입장에선 찬성하기 힘들었을 거다. 그런데도 망설임 없이 내 의사를 지지해줬다. 적어도 겉보기에는 그랬다. 속이야 모르지. 나 몰래 괴로워했을지도. 아이고, 고생길 열렸구나…….

사실, 결혼 전에 남편에게 약속을 받아두긴 했다. "나는 집만 사면 회사를 그만둘 거다. 한 번도 내 인생을 살아보지 못했으니, 그때부턴 하고 싶었던 일을 할 거다"라고. 남편은 오케이했다. 결혼 전에야 뭔들 약속 못하겠나. 게다가 남편은 내 남동생 친구다. 내 말에 섣불리 반기를 들지 못하는 부분이 있었을 거다. 나로서는 사표를 내겠다고 할 때 이미 충돌을 각오하고 있었다. 그토록 흔쾌하게 '그렇게 하라' 할 줄은 몰랐다. 너무 대답이 쉬워서 혹시 내 말을 잘못 알아들은 게 아닌가, 걱정스러웠다. 한 번 더 다짐을 받기까지 했다. "휴직 아니고, 아주 그만두는 거야. 혼자서 나랑 아들을 먹여 살려야 한다고. 언더스탠?"

등단까지 6년이 걸렸는데, 남편 힘이 컸다. 마치 고시생 뒷바라지하듯, 외조를 해줬다. 가끔씩 지쳐 보일 때도 있었는데, 그때마다 나는 남편을 이렇게 다독거렸다. "힘내. 내가 성공하면 호강시켜줄게."

지_ 그래서 호강은 시켜주고 있나?

정_ 호강하는지는 모르지만, 단물을 독차지하고 살긴 한다. 나는 문학상 상금이나 인세를 만져본 적이 없다. 습작할 때 그랬듯, 지금도 용돈을 받아쓴다. 인세 관리부터 세금 문제까지, 자기가 알아서 한다. 직장 생활을 할 때도 패턴이 비슷하긴 했다. 내 월급은 통째 넘겨주고, 일정 액수의 용돈을 받아썼다. 집도 남편 혼자 알아서 샀다. 내가 처음으로 '내 집'을 본 날이 그 집으로 이사하던 날이었으니 말 다했지. 왜 그랬느냐고? 집 보러 다니기가 귀찮았다. 나는 뭘 안 하는 걸 좋아하고 남편은 뭘 하는 걸 좋아한다. 그러니 좋아하는 사람이 하는 거다.

지_ 간호사 경력이 작가로서 글쓰기에 도움이 되는가?

정_ 간호사 시절 대부분을 응급실과 중환자실에서 보냈다. 둘 다 생사를 오가는 사람들이 거쳐 가는 장소다. 그곳에 몇 달만 머물러보면 알게 될 거다. 평범했던 사람의 정신세계가 어떻게 변하는지. 애늙은이가 된다. 이십대에 머릿속만 오십대가 되는 거다. 인간의 생사고락을 수도 없이, 요약편으로 겪는 장소이기 때문이다. 킹의 말마따나, "누구에게나 죽음은 반드시 갚아야 할 빚"이라는 진실을 배운다. 나를 타자로서 해부하는 시각도 그때 얻었다. 인간을 이 지구상에 사는 수많은 생명체 중 하나로 보는 자연주의적 세계관 역시 그때 형성된 것이다. 작가에게 세계관은 작품의 거의 전부라 해도 과하지 않다.

첨언하자면, 경험만큼이나 세계관 형성에 영향을 주는 것은 독서다. 작가를 꿈꾸는 사람이라면 다독은 필수다. 양적풍요를 넘어 다양한 분야를 두루두루 접해보는 게 중요하다. 내가 가장 좋아하는 분야는 생물학이다. 아마도 인간을 가장 사실적으로 설명하는 학문일 것이다. 우리 자신에 대한 미학적, 정서적 관점을 배제하고 타자로서 자신을 해부하는 냉철한 시각을 갖게 한다. 인간이 세상의 주인이 아니라는 겸허와 각성, 더불어 살아가는 타 생명체에 대한 배려도 배운다.

동물학도 좋아한다. 동물에 대한 지식은 물론이고, 나를 비춰 보는 거울이 돼주기도 한다. 나는 동물학을 공부하면서 평등의 진정한 의미를 배웠다. 철학자 마크 롤랜즈는 "도덕과 무관한 특성에 따라 차별하지 않는 게 평등이다"라고 했다. 동물이 동물로 태어난 건 그들의 선택이 아니다. 우리가 인간으로 태어난 것도 마찬가지다. 우리는 우연에 의해 태어난 존재이며 언젠가는 빈드시 죽는다. 도덕과는 무관한 삶의 진리다.

심리학은 생물학과는 반대 지점에 있다. 누군가의 말에 따르면, 심리학은 우리의 양쪽 귀 사이에 걸린 둥근 구조물(다른 말로 머리통이라고도 부른다) 안을 조망한다. 우리 안의 우리, 우리가 영혼이라 믿는 정신세계. 철학은 생각과 개념을 정리하고 깊이를 부여해준다. 언뜻 이런 학문들이 문학과 거리가 멀어 보이지만 절대 그렇지 않다. 그런 걸 어느 세월에 다 읽고 글을 쓰느냐고 생각할지도 모르겠는데, 내 생각은 다르다. 직접경험은 한계가 분명하고, 그 한계를 극복하게 해주는 게 독서다. 인간을 모르면서 인간에 대한 이야기를 쓸 수는 없는 거다.

지_ 응급실과 중환자실에서 만난 수많은 사람 중 특별한 의미로 기억하는 사람이 있나? 혹은 삶에 큰 영향을 미쳤다든가.

정_ 두 사람이 있다. 한 사람은 내 어머니다. 내가 근무하는 응급실로 들어온 후, 3년 동안 중환자실과 병실을 오가다 죽음을 맞았다. 그때 어머니는 지금의 나보다 훨씬 젊었다. 고백하자면, 나는 지금도 어머니를 완전히 보내지 못했다. 별짓을 다 해도 그게 잘 안 된다. 끊임없이 덧나는 상처다. 얼마 전에 어느 독자 한 분이 자신이 쓴 에세이를 보내주었다. 감동적이고 따뜻한 에세이였는데, 거기에 인용한 시 한 구절에 그만 울컥해버렸다. 정채봉 시인의 〈엄마가 휴가를 나온다면〉이라는 시였다.

하늘나라에 가 계시는
엄마가
하루 휴가를 얻어 오신다면
아니 아니 아니 아니
반나절 반시간도 안 된다면
단 5분
그래, 5분만 온대도 나는
원이 없겠다

얼른 엄마 품속에 들어가

엄마와 눈맞춤을 하고

젖가슴을 만지고

그리고 한 번만이라도

엄마!

하고 소리 내어 불러보고

숨겨놓은 세상사 중

딱 한 가지 억울했던 그 일을 일러바치고

엉엉 울겠다.

이십대 때나 지금이나, 나는 다정한 모녀를 보면 부럽다. 눈을 떼지 못한다. 어린애 같은 생각도 한다. 넌 좋겠다. 엄마가 있어서…… 거의 병적인 그리움인데 이로 인해 말 못할 고민이 생겼다. 죽음에 대한 두려움이다. 내가 죽으면 더 이상 세상을 볼 수 없겠구나, 세상 누구도 나를 볼 수 없겠구나. 나는 세상에 부재하게 되는구나. 내 아이를 다시는 만질 수 없겠구나. 저 반짝거리는 거리의 불빛도 보지 못하겠구나. 죽어가는 순간, 시야는 서서히 어둠으로 뒤덮일 테고, 곧 그마저도 의식하지 못하게 될 테지.

종교는 두려움 극복에 보탬이 되지 않는다. 태어나자마자 세례를 받고 쭉 천주교 신자로 성장했지만, 내세 따윈 믿지 않는다. 모순되게도 나는 철저한 진화론자다. 신에게 의지하는 건, 천국에 가기 위해서가 아니라, 생명에 내재된 죽음에 대한 두려움을 이겨내기 위해서다. 숙명을 거스르기 위해서가 아니라, 어떻게든 필멸의 숙명을 받아들이고 싶어서다. 그런데도 죽는 순간까지 죽음을 두려워할 것 같은 불길한 예감이 든다.

이런 고민은 가까운 사람에게도 털어놓기 어렵다. 죽음에 대한 두려움을 이야기하면, 삶에 대한 집착으로 이해한다. 죽으면 다 끝나는 거지. 뭐가 그리 아쉬워? 나는 속으로만 투덜거린다. 그래, 좋겠다, 죽는 게 안 무서워서. 속물처럼 보일까봐 걱정되기도 한다. 그래봐야, 틀림없는 속물이면서……

정리하면, 어머니는 내게 죽음에 대한 두려움을 안겨준 존재다. 이 두려움은 언젠가는 다뤄야 할 내 문학적 테마다.

지_ 또 다른 한 사람은 누군가?

정_ 새내기 간호사 시절, 응급실에 근무한 지 일주일 만에 만난 환자다. 응급실이 조금 한산해진 새벽녘이었던 걸로 기억한다. 함께 근무하던 사수는 화장실에 갔고 당직의사는 막 당직실로 들어간 참이라, 응급실엔 나 혼자뿐이었다. 하필 그때, 쏟아지는 빗줄기와 함께 짙은 선글라스를 끼고 '그분'이 오셨다. 광대뼈가 날카롭게 불거진 얼굴, 창백한 낯빛, 부스스하게 일어선 머리…… 그분은 지팡이로 주변을 더듬으면서, 빗자루에다 바지를 입힌 듯 깡마른 다리를 성큼성큼 움직여 간호사실 앞으로 곧장 걸어왔다. 내 쪽에서 뭔가를 말할 틈도 없이, 대뜸 말도 안 되는 요구를 해왔다. 눈알이 빠질 것처럼 아프니 '데메롤'을 놔달라고. 나는 눈을 보여 달라고 했다. 최소한 눈을 보기라도 해야, 접수를 시키고 당직을 콜 할 것 아닌가. 게다가 원하는 게 마약성진통제인데.

그분은 선선히 선글라스를 벗어 보였다. 쥐뿔도 모르는 신참 간호사가 보기에는 큰 문제가 없는 눈이었다. 흰자위는 하얗고, 검은자위는 검고, 외상 흔적도 없고, 충혈도 없고, 붓기도 없고, 화농성눈곱 같은 것도 끼어 있지 않았다. 내가 고개를 갸웃하고 쳐다보자, 그분은 팔을 들어 올리고 긴 손가락을 갈퀴처럼 오므리더니 눈꺼풀 속으로 푹 집어넣었다. 2초 후, 그분 손바닥에는 탁구공만 한 눈알이 놓여 있었다. 이어 다른 쪽 눈. 나는 얼어붙은 나머지 눈만 깜박깜박하면서 그분의 손바닥에 놓인 눈알 한 쌍을 쳐다봤다. 그것이 의안임을 안 건 눈알이 제자리로 되돌아 간 후였다.

이튿날 아침, 수간호사가 그분의 정체를 알려주었다. 응급실에서 이름 대신 '그분'으로 불리는 전설의 환자였다. 그는 6·25 참전 용사로 십대 중반에 전쟁터에 나갔다가 두 눈을 잃었다고 했다. 이후 고향인 섬진강으로 돌아왔고, 수십 년 동안 그곳에서만 살았다. 선친에게 물려받은 뗏목을 타고 강줄기를 흘러 다니며 은어를 잡는 어부로. 이상하지 않나? 앞이 보이지 않는데 무슨 수로 뗏목을 움직이고 은어를 잡을 수 있었는지. 그분에겐 물속에서 은어 떼가 몰리는 소리를 들을 수 있는 신비한 능력이 있었다. 당연히 처음부터 타고난 능력은 아니었다. 어떻게든 아내와 자식을 먹여 살려야 한다는 절박함이 만든 능력이었다. 처음엔 뗏목을 움직이는 것도 어려웠으나, 어느 순간부터 은어 떼가 움직이는 소리가 들리더라는 것이다. 그분의 표현에 따르면, 종소리가 난단다. 실제로 그런 소리가 난다기보다, 그분 귀에만 그렇게 들렸을 것이다. 짤랑짤랑, 구원의 종소리. 짤랑 짤랑 생존의 종소리……

그러던 어느 날 '은어의 소리를 듣는 눈먼 어부 이야기'가 방송을 탔다. 그 덕택에 그분의 개인사가 알려졌다. 세상물정을 몰랐던 탓에 국가유공자 혜택을 받지 못했다는 사실도 밝혀졌다. 거액의 보훈연금이 소급 지급됐고, 새집이 생겼다. 아이들을 대처 학교에도 보낼 수 있었다. 그런데도 그분은 절망에 빠져버렸다. 생존의 절박함이 사라지면서 은어의 소리까지 사라진 거였다. 없는 눈이 아프기 시작한 것도, 응급실 '그분'으로 명성을 드날린 것도 그때부터였다. 그분에게 은어잡이는 생업을 넘어 삶에 그 자신으로 존재하는 징표였던 것이다.

어머니가 내게 죽음의 의미를 가르쳤다면, 그분에게선 삶의 의미를 배웠다. 죽음이 우리 삶을 관통하며 달려오는 기차라면, 삶은 기차가 도착하기 전에 무언가를 하는 자유의지의 시간이다. 자신이 원하는 것이 무언지 알고, 원하는 것을 위해 안간힘을 다하는 시간. 내 시간 속에서 온전히 나로 사는 시간.

죽음이
우리 삶을 관통하며
달려오는 기차라면,
삶은
기차가 도착하기 전에
무언가를 하는
자유의지의 시간이다.

지_ 잘 알려지진 않았지만 습작기에 출간된 책이 세 권 있는 걸로 안다. 등단 전 출간이 쉽지는 않았을 텐데, 어떻게 출간을 하게 됐나?

정_ 회사를 그만두기 전부터 틈틈이 소설을 쓰고 있었다. 쓰다 보니 누군가에게 보여주고 싶었다. 남편은 재미있다고 했지만, 그게 정말 재미있어서인지, 가정의 평화를 위해 재미있다고 하는 건지 구별이 안 됐다. 더 객관적으로 봐줄 사람이 필요했다. 생각 끝에 인터넷 게시판에 올려보기로 했다. 그때가 1999년도다. 전화선을 이용해 유니텔이나 하이텔을 쓰던 시절인데 누구나 소설을 올릴 수 있는 문학 사이트들이 있었다. 게시판마다 글들이 넘쳐났다. 보는 사람보다 쓰는 사람이 더 많겠다 싶을 정도로. 조회 수가 10 단위에 머무는 것도 부지기수였다. 거기에 소설을 올려보기로 했다. 당시 유행하던 장르는 '팬픽'이나 로맨스였다. 그 틈바구니에서 일반 성장소설인 내 글이 살아남을 수 있을까, 걱정스러웠지만 강행했다. 그래도 몇 명은 보겠지, 하는 마음이었다. 결과는?

일주일 만에 스타가 돼버렸다. 매일 내 글이 업데이트 되기를 기다리는 독자들이 있었다. 조회수나 댓글수도 폭발적이었다. 이 결과에 고무된 나머지 겁도 없이 써두었던 원고를 출력해서 출판 사에 보냈다. 무작위로 출판사를 골라서 무턱대고 보낸 거다. 원 래 무식하면 용감하다지 않나. 일주일 후, 책을 내자고 연락이 왔 다. 첫 책인 《열한 살 정은이》는 그렇게 어이없이 세상에 나왔다. 그때 편집장이었던 분이 내게 등단을 하라고 조언을 해왔다. 그 때까지도 난 '등단'이 뭔지 정확하게 모르고 있었다. 그저 막연하 게, 단편소설을 써서 신춘문예를 통과하면 주는 상 정도로 여겼 다. 단편은 내 길이 아니라고 판단했기에 관심조차 갖지 않았다. 편집장은 장편 공모전을 추천했다. 자신이 보기엔 내가 긴 이야 기를 하는 이야기꾼 타입이라, 신춘문예보단 장편 공모전에 도전 하는 게 좋겠다고 했다. 한국문단에선 등단을 하지 않으면 작가 로서 입지가 매우 좁다고도 했다. 장편을 쓰는 사람에겐 공모전 당선이 곧 등단이라는 가르침도 함께 받았다. 나는 그녀의 가르 침을 '말씀'이요 계시로 받아들였다. 광주로 돌아온 즉시, 인터넷 을 켜고 '장편 공모전'을 검색하기 시작했다. 등단을 향한 머나먼 여정은 첫 책이 나온 후에야 시작된 셈이다.

지_ 공모전에서 열한 번 떨어졌다고 들었다. 좌절감이 심했을 텐데 어떻게 견뎠나.

정_ 처음 도전을 시작할 때만 해도 자신만만했다. 나는 세상이 나의 출사를 기다리고 있는 줄 알았다. 예선 통과조차 못하리라고는 꿈에도 몰랐다. 심사 과정에서 무슨 문제가 생긴 줄 알았다. 두 번째, 세 번째…… 서푸 떨어지던 어느 날, 처음으로 공모전 예선을 통과했다. 처음으로 내 소설에 대한 심사위원의 평가도 듣게 되었다. 내용은 이러했다.

"이 작자는 기지도 못하면서 날려 든다."

저자도, 글쓴이도 아닌 '작자'라고? 물론 '작자'는 '글쓴이'와 같은 말이다. 하지만 심사평 전체의 맥락으로 봤을 땐 그런 의미라고 생각하기 힘들었다. 우리가 흔히 쓰는 말, 이 작자 저 작자 할 때의 그 '작자'처럼 들렸다. 나를 '이 작자'라고 칭하기 전의 문장이 "개나 소나 문학한다고 덤비는 현실이 슬프다"라는 한탄이었기 때문이다. 나는 자리에 드러누웠다. 뜨거운 부지깽이에 머리통을 얻어맞아 깨갱, 하고 뻗어버린 심정이었다.

자리에서 일어난 건 며칠 후 밤이었다. 허리도 아프고, 머리도 아프고, 지겹기도 하고(천성적으로 오래 누워 있지 못하는 체질이라),

나자빠져 통을 파봐야 처지가 달라질 것도 아니고. 옷 주워 입는 소리에 잠을 깬 남편이 어딜 가느냐고 물었다. 만 원만 달라고 했다. 소주 한 병 사 오겠노라고.

바깥엔 눈보라가 치고 있었다. 나는 유령처럼 휘적휘적 걸어 아파트상가 마트를 지나치고 동네 마트도 지나쳤다. 정신을 차리고 보니 어느 헌책방 앞에 서 있었다. 놀랍게도 그 시간까지 문이 열려 있었다. 유리문을 밀자 난롯가에서 졸던 주인이 이마를 들어 흘끔 건너다봤다. 그뿐이었다. 주인은 다시 졸기 시작했다. 나는 책방 구석 책 탑 앞에 쪼그려 앉아 가장 위에 놓인 책을 집어 들었다. 양손으로 턱을 괴고 각자 생각에 잠긴 네 소년의 삽화가 먼저 눈에 들어왔다. 표지는 그 아래로 쭉 찢겨나갔고, 간지나 목차 페이지도 없었다. 덕분에 작가도 제목도 모른 채 발췌문으로 짐작되는 문장 몇 줄을 먼저 보게 됐다.

나는 앤디가 그곳에 있기를 바란다.
나는 내가 국경을 넘을 수 있기를 바란다.
나는 내 친구를 만나서 악수할 수 있기를 바란다.
나는 태평양이 내가 꿈에서 본 것처럼 그렇게 푸른빛이기를
바란다.
나는 바란다…….

나는 바란다…… 나는 바란다…… 이 단순한 문장이 그때처럼 간절하게 느껴진 적이 있었을까. 뒤표지를 봤다. 비로소 책의 제목을 알게 되었다. '스탠 바이 미'(원제 Different season: 사계). 분량이 두툼해 장편인 줄 알았더니, 봄, 여름, 가을, 겨울이라는 소제목이 붙은 중편 네 개를 모은 소설집이었다. 시선을 붙든 건 '가을' 편의 첫 문단이었다.

가장 중요한 일은 가장 말하기 어렵다.
부끄러워서 말을 할 수가 없다.
왜냐하면 말이 그것들을 위축시키기 때문이다.

책을 쥐고 일어났다. 집으로 돌아와 창문 밑에 쪼그려 앉았다. 밤을 꼬박 새우며 그 책을 읽었다. 마지막 장을 덮을 무렵엔 확신하고 있었다. 그가 나의 신이 되리라는 걸. 그의 '강림'은 내게 '작자' 같은 건 까맣게 잊어버릴 만한 충격이었다. 소설을 이렇게 쓰는 사람이 있다니…… 과연 나는 개나 소였구나. '이야기꾼'을 꿈꾸던 그 옛날의 시골소녀가 다시 책상 앞으로 불려나왔다. 그녀는 내게 속삭거렸다. 자, 다시 시작해보자고.

나는 처음으로 돌아갔다. 문법부터 새로 공부하기 시작했다. 헌책방을 돌아다니며 절판된 킹의 소설들을 모조리 사 모았다. 읽고, 분석하고, 필사하며 이야기가 무엇인지 배워나갔다. 아리스토텔레스의 《시학》으로 시작해 소설 작법서, 시나리오 작법서까지 뒤지면서 이야기를 어떻게 다뤄야 하는지 익혔다. 그 와중에도 공모전에 꾸준히 원고를 보냈는데 줄기차고도 시원스럽게 미끄러졌다. 그럴 때마다 좌절감이 컸다. 나는 절대로 안 되는 사람인가. 그런 생각이 들 때마다 스스로 물었다. 나는 작가가 되고 싶은가, 글을 쓰고 싶은가. 여기에서 '작가'란, 직업에 대한 질문이고, '글'은 자유의지에 대한 질문이다. 설령 작가로 성공하지 못하더라도 후회하지 않겠느냐는 질문. 내 대답은 한결같이 후자였다.

고맙게도 떨어진 작품을 같은 출판사에서 출간해주었다. 그것도 두 번씩이나 더. 편집장은 내 솜씨가 점점 나아지고 있다고 격려해주었다.

지_ 그 편집장에게 늘 고마움이 있겠다.

정_ 맞다. 천신만고 끝에 등단을 했을 때도, 가족처럼 기뻐해주었다. 틀림없이 최고가 될 거라고 축복해주었다. 나는 운이 좋은 사람이다. 인생의 고비마다 좋은 사람들을 만났으니까. 하나 마나한 얘기지만, 인간은 혼자 살 수 없다.

지_ 등단에 대한 이야기를 해보자. 제1회 세계청소년문학상을 통해 등단했다. 청소년 문학상에 작품을 보낸 이유가 있나?

정_ 이유가 뭐 있겠나. 그때 쓴 소설이 성장소설이었을 뿐이지. 십대 중반 소년소녀를 주인공으로 내세웠으니 청소년 문학상에 내봐도 되지 않을까 싶었다. 게다가 상금이 무려 5천만 원이었다. 당시로선 파격적인 상금인 데다, 1회 공모라서 경쟁이 좀 덜하지 않을까 하는 기대도 있었다. 논리적 근거라곤 십 원어치도 없는 기대지만.

지_ 어쨌거나 당선이 됐다. 그토록 바라던 당선 소식을 들었을 때 기분이 어땠나?

정_ 그날 얘기를 하자면 또 길어지는데…… 공모전에 단골로 떨어지다 보면, 당선통보 일자를 대충 알게 된다. 신문에 공식적으로 발표하는 날보다 당선자에게 통보하는 시기가 며칠 더 빠르다. 공모요강에 15일 발표라고 기재돼 있다면, 아무리 늦어도 13일 밤까지는 전화통보가 와야 한다. 그래야 14일에 인터뷰를 하고 오후에 발표 기사를 쓸 수 있으니까. 즉, 당사자인 나는 10일부터 13일 밤까지 제정신이 아닌 채로 살게 된다는 얘기다. 전화벨만 울리면 깜짝깜짝 놀라고, 먹지도 못하고, 잠도 못 자고, 책 한 줄 읽지 못한다. 누가 불러도 듣지 못한다. 멍하니 창밖만 내다보며 시간을 보낸다. 이른바 '공모전 좀비'가 되는 거다. 남편도 이 상황을 잘 이해하고 있다. 그래서 그 시기엔 집에 전화를 하지 않는다. 했다가 날벼락을 맞는 수가 있으니까.

당선 통보를 받던 날 저녁, 나는 책상 앞에 앉아 책을 펼쳐두고 있었다. 그즈음 공모전에선 계속해서 최종결심까지 올랐기 때문에 당선에 대한 기대치가 좀 올라간 상태였다. 따라서 당선 통보가 온다면 좀비 상태로 전화를 받지 않겠다고 결심해둔 바 있었다. 우아하게 책을 읽다가 당선 전화를 받으면, 무덤덤하고 품위 있는 어조로 "네, 알겠습니다"라고 답하리라 마음먹었다. 그런데 밤 여덟 시가 되도록 전화가 걸려오지 않았다. '또······'라는 좌절감이 새카맣게 밀려드는 바람에 나는 책상 앞에서 더 버틸 수가 없었다. 욕실로 들어가 빨간 고무장갑을 끼고 청소를 시작했다. 벽을 닦고, 바닥을 닦고, 화풀이 삼아 변기를 벅벅 문지르는 참에, 물소리 사이로 희미하게 울리는 전화벨 소리를 들었다. 제 방에서 숙제를 하던 아들이 잽싸게 받은 듯했다. 수도꼭지를 잠그자, 아들의 목소리가 해맑고도 경쾌하게 들려왔다.

"아저씨, 우리 세계일보 안 봐요."

안 돼 인마, 하려는 순간 아들은 전화를 끊어버렸다. 간이 떨어져 나와 내 발등 위에서 펄떡거리는 기분이었다. 곧바로 전화벨이 다시 울리지 않았다면 나는 아들의 발목을 틀어쥐고 소파에 올라가 거꾸로 흔들어주었을지도 모른다. 나는 전화를 가져오라고 소리쳤다. 숨 한 번 들이마시고, "여보세요" 하자 저쪽에서 "정유정 씨 핸드폰 아닌가요? 여기 세계일보입니다만" 했다. 눈앞이 마구 흔들리면서 다리 힘이 스르르 풀렸다. 컴컴해지는 의식 너머에선, 축하한다는 말이 들려왔다. 나는 욕실 바닥에 주저앉았다. 어떻게 전화를 끊었는지는 기억이 안 난다. 내가 뭐라고 대꾸했는지도 기억에 없다. 그저 고무장갑을 벗어 손에 틀어쥔 채 욕실 바닥에 엎어져 '엄마'를 부르며 울던 기억만 남아 있다. 내 인생에서 삶이 그토록 눈부셨던 순간은 이전에도 이후에도 없었다. 2년 후, 다시 '세계문학상'을 받았을 때에도, 그날의 빛이 재현되지는 않았다.

지_ 등단까지가 힘들었지 등단 후는 꽤 순조롭게 풀린 편 아닌가? 탄탄한 독자층이 있고, 소위 '팔리는' 작가가 됐으니. 판매누적 부수가 백만 부를 훌쩍 넘었다고 들었다. 듣자하니 《7년의 밤》이 독일에서 '올해의 범죄소설 Top 10'에 들었다던데. 《종의 기원》은 11개국에 판권이 팔렸고 드디어 영미권에서도 출간된다면서.

정_ 감사하고 좋은 일인데, 그게 욕망한다고 되는 일은 아닌 것 같다. 행운이 따라줘야 가능하다. 내가 꿈꾸는 것은 힘 있고 아름다운 이야기를 쓰는 것이다. 그리하여 독자들에게 '이야기꾼'으로 불리고 싶다. 단순한 문학적 수사가 아닌 진짜 꾼. AI 시대가 오기 전에 빨리 해내야 한다. 어쩌면 그들은 인간보다 창의력이 월등할지도 모른다. 정말로 그렇다면 인간작가는 찬밥이 될 거다. 상상만 해도 슬프다.

2부

이야기와
이야기하는 자

지_ 늘 이야기꾼으로 불리고 싶다고 말해왔다. 그 이야기에 대해 이야기해보자. 이야기란 대체 무엇인가?

정_ 로버트 맥키는 자신의 저서인 《STORY》에서 "이야기는 우리 삶에 대한 은유"라고 정의한 바 있다. 여기에서 '이야기'란 '이야기 장르'를 모두 포괄한다. 연극, 영화, 드라마, 소설 등등…….

나는 그의 말이 이야기의 핵심을 정확하게 반영한다고 생각한다. 극예술로서의 이야기는 단순히 삶을 재현한 것이어서는 안 된다. 실제로 일어난 충격적 사건-사회적 이슈를 그대로 옮겨놓아서도 안 된다. 그것은 극예술로서의 이야기가 아닌 '다큐멘터리'라는 다른 이름이 있다. 이야기는 흥미로운 소재와 의미 있는 주제를 추상화(삶의 모습에서 필요한 부분만을 걸러내는 작업)와 구체화(흔히 핍진성이라고 부른다)를 통해 은유적으로 결합시킨 작품이다. 나는 이야기를 '은유의 예술'이라고 생각한다.

지_ 어느 인터뷰에서 원형적 이야기라는 단어를 썼더라. 이야기에도 원형이라는 것이 있는가?

정_ 이야기의 대부분은 (가상적인) 누군가의 문제에 관한 것이다. 즉 '나'가 아닌 타인의 문제다. 그런데도 현실 속 나의 문제처럼 강렬하게 집중하게 되는 것은 우리가 가진 공감능력 때문이다. 공감이란 무엇인가. 사전에 따르면 타인의 감정이나 입장에 자신이 서 보는 것이다. 그러려면 먼저 타인의 상황을 자신의 일처럼 이해하고, 자신을 그 자리에 위치시켜볼 수 있는 능력이 있어야 한다. 이런 일을 하는 것이 우리 뇌의 거울뉴런이고 이를 통해 이성적 공감과 감성적 공감이 작동한다. 이성적 공감은 상대의 처지를 이해하는 것이다. 예를 들면, 내 친구가 눈물을 흘리며 우는 이유가 아버지가 돌아가셨기 때문이라는 걸 이해하는 과정을 말한다. 감성적 공감은 나는 친구의 슬픔을 진짜 내 슬픔으로 느꼈기 때문에 함께 울어주는 것이다. 만약 내가 내 친구처럼 아버지를 잃었다면 어떤 심정일까, 라고 상상할 수 있는 능력이 감성적 공감을 생성한다. 이 메커니즘은 실제 생활이 아닌 허구의 이야기에서도 작동된다.

이야기를 통해 우리는 허구의 타자에게 공감하며 자기 자신을 그에게 이입시킨다. '거기'에서 '그들'에게 일어나는 일을 '지금 여기'에서 '우리'에게 일어나는 일로 인식하고 실제처럼 반응하는 거다. 눈물을 흘리고, 키득키득 웃고, 분노로 가슴을 치고 행복한 미소를 짓는다. 타자를 통해 자신을 바라보고, 타자와의 관계 안에 자신을 위치시키며, 그 사이에 존재하는 삶의 어떤 틀을 탐색해보기도 한다. 그 결과 책 한 권을 읽으며, 온갖 정서적 격랑에 휘말리는 밤을 보낸 후, 가슴이 터질 것 같은 새벽을 맞는다.

원형적 이야기(로버트 맥키가 만든 용어다)는 이러한 요소들을 모두 품고 있다. 강한 인력으로 끌어당기는 낯선 세계, 새롭고 매력적인 인물, 인생의 근원적 문제와 해법과 그 사이 어딘가에 존재하는 진실, 삶에 대한 다양한 시각, 강렬한 정서적 경험. 그렇기에 지구상 어느 촌락이나 한산한 바닷가 오두막의 낡은 책상에서 씌어진 이야기라 해도 온 세상을 비행하는 것이 가능하다. 우리말로 된 우리나라 이야기뿐만 아니라, 다른 나라 말로 된 다른 나라의 이야기도 우리를 감동시키고, 이해시킬 수 있는 건 그 때문이다. '그때 거기'의 '그'가 '지금 여기'의 '나'에게 '가슴이 터질 것 같은 새벽'을 선물할 수도 있다. 그 감동은 한 세대에서 다음 세대로 이어지며 쉽사리 소멸하지 않는다. 시간을 견디고, 공간을 초월해 살아남은 고전은 대부분 이런 원형적 이야기다. 맥키의 표현대로라면, 힘 있고, 아름다운 이야기. 작가라면(그러니까 이야기를 쓰는 작가라면) 누구나 꿈꾸는 궁극의 이야기 아닐까.

지_ 문득 궁금하다. 인간은 왜 이야기를 좋아할까. 그리고 이야기는 우리에게 왜 필요한가?

정_ 맞다. 인간은 이야기를 좋아한다. 좋아하는 정도를 넘어, 본성에 가까워 보인다. 이를 한 권의 책으로 풀어낸 것이 인문학자인 조너선 깃설의 《스토리텔링 애니멀》이다. 우리가 우리도 모르는 새에 얼마나 많은 이야기를 소구하고 소화하는지, 읽다 보면 놀랍다 못해 기가 질린다.

우리는 거의 매일, 술집이나 카페에 모여 온갖 소문과 사건과 허풍을 말하고 듣는다. 서점, 교실, 거실 소파, 침대, 하다못해 화장실에서도 책장이 넘어간다. 극장에선 날마다 연극이 공연되거나 영화가 상영된다. 텔레비전 채널들은 온갖 장르의 드라마를 방영한다. 신문과 방송에선 스물네 시간 쉬지 않고 '뉴스'라는 이름으로 이야기를 쏟아낸다. 스포츠는 경기의 우승자를 주인공으로 내세운 서사시적 영웅 드라마를 만든다. 종교는 아무도 보지 못한 존재에 대한 숭배서사로 먹고산다. 법정이 한 인간의 삶과 행위의 인과성을 놓고 벌어지는 검사와 변호사의 이야기 싸움판이라면, 정치판은 그럴듯한 그림을 그려 보이는 거짓말의 경연장이다.

타인에게만 이야기를 들려주는 것도 아니다. 자기 자신에게도 스스로 이야기를 들려준다. 기억을 통해서, 몽상을 통해서, 꿈을 통해서. 한 연구에 따르면 인간은 14초짜리 백일몽을 하루 평균 2천 번씩 꾼다고 한다. 이 연구가 정확하다면, 우리는 인생의 대부분을 자기만의 극장에서 보내는 셈이다.

어디 그뿐일까. 세계와 인간과 삶, 그 밖의 모든 것들을 이야기라는 프리즘을 통해 내다본다. 실제 삶에서 일어나는 일들은 원인과 결과가 명백하지 않을 때가 많다. 그런데도 인간의 머리는 연대기적 구성과 인과성, 즉 이야기적 방식을 통하지 않고는 상황을 받아들이지 못한다. 현상을 해석하는 방식, 역사를 이해하는 방식, 인간과 세계의 상호작용, 하다못해 지난밤 꾼 꿈까지도 이야기적 방식으로 해석하려 든다. 파편화돼 이미지만 남은 꿈은 그저 개꿈으로 치부된다. 그런 이유로 갓셜은 인간을 이야기의 동물, 호모픽투스라 정의한다.

왜 그럴까. 우리는 왜 호모픽투스일까. 극작가 케네스 버크가 말한 대로 이야기는 우리 삶의 도구이기 때문이다. 삶의 도구란, 생존에 필요한 '무엇'이라는 뜻일 것이다.

몇 년 전, 《사피엔스》라는 인문서가 베스트셀러 차트를 석권한 적이 있다. 저자 유발 하라리는, 옛날 한 옛날, 인류는 중요한 일이라고는 하나도 하지 않는 종이었다고 말한다. 변변찮고 하찮고 있으나 마나 한 생명체. 그런 인류를 수만 년 만에 지구라는 행성의 최고 포식자로 만든 것은 '창작하는 언어'의 등장, 즉 인지혁명이었다. 인간은 허구를 말하기 시작하면서, 나무열매와 나무그늘을 찾아다니던 사바나 촌놈의 땟물을 벗고 온 세상에 영향을 미치는 중요한 존재로 부상했다는 것이다.

나는 책을 덮은 후 그 시절을 진지하게 상상해봤다. 사바나 한 구석, 자그마한 동굴에 땟국이 줄줄 흐르는 촌놈 넷이 서로 머릿니를 잡아주며 살아가던 7만 년 전을.

그들은 동굴 주변에 흐드러진 무화과를(사바나에 무화과나무가 있는지 없는지는 모르겠지만) 따먹으며 아무 일도 없이, 아무 일도 하지 않으며 살아간다. 그러던 어느 날, 무화과가 깡그리 사라지는 사건이 일어난다. 옆 동네 동굴의 어떤 놈이 와서 따먹은 것은 아니었다. 숲에 낯선 발자국은 없었으니까. 그들은 결국 범인이 자기 자신들이라는 결론을 내린다. 키우지는 않고 날마다 따먹기만 했으니 당연하고도 필연적인 결과 아니겠는가.

타인에게만 이야기를 들려주는
것도 아니다.
자기 자신에게도
스스로 이야기를 들려준다.
기억을 통해서, 몽상을 통해서,
꿈을 통해서.
한 연구에 따르면 인간은
14초짜리 백일몽을 하루 평균
2천 번씩 꾼다고 한다. 이
연구가 정확하다면, 우리는
인생의 대부분을 자기만의
극장에서
보내는 셈이다.

이제 어떻게 살아야 하나. 사흘 밤낮을 궁리한 끝에 촌놈 1, 2, 3, 4호는 한 번도 가보지 않았던 낯선 숲으로 원정을 떠난다. 촌놈 1호는 동쪽, 촌놈 2호는 북쪽, 촌놈 3호는 남쪽, 촌놈 4호는 서쪽을 향해.

촌놈 1호는 해가 중천에 걸릴 무렵, 무화과가 주렁주렁 매달린 나무 밑에 다다른다. 배가 고팠지만 조심성 많은 그는 곧장 나무로 기어 올라가지 않는다. 잠시 발을 멈추고 머리 위를 올려다본다. 열매가 가장 많이 매달린 나뭇가지가 유별나게 굵었기 때문이다. 게다가 보일 듯 말 듯 흔들거리기까지 한다. 바람 한 점 불지 않는 숲 속에서. 자세히 보다 보니 나뭇가지가 꿈틀꿈틀 움직이는 듯한 느낌도 받는다.

바로 그때, 다람쥐가 나타나 그 나뭇가지로 쪼르르 올라간다. 동시에 여러 가지 일이 한꺼번에 벌어진다. 꿈틀거리던 나뭇가지가 고개를 빳빳하게 쳐들더니 새빨간 입을 쩍 벌리고 다람쥐를 꿀꺽해버린 것이다. 다람쥐는 찍, 소리 한번 내보지도 못하고 새빨간 입속으로 사라진다. 그제야 촌놈 1호는 깨닫는다. 다람쥐를 삼킨 것이 나뭇가지가 아니라 어마어마하게 큰 뱀이라는 것을. 곧장 나무에 올라갔더라면 그 새빨간 입속으로 들어갈 생명체는 다람쥐가 아니라 자신이었으리라는 사실도.

동굴로 돌아온 촌놈 1호는 먼저 귀가한 촌놈 2호와 3호에게 좀 전의 일을 최대한 실감나게 들려준다. 굵은 나뭇가지가 꿈틀거리면 절대로 가까이 가지 말라고 경고도 해준다. 이야기를 듣는 촌놈 2호와 3호의 몸에서는 똑같은 신체표상이 활성화된다. 머리털이 빳빳하게 곤두서고, 눈은 휘둥그레지고, 낯빛은 하얗게 질리고, 등짝에 식은땀이 돋고, 손발이 와들와들 떨리고…….

그들 사이에 '두려움'이라는 형체 없는 것에 대한 허구의 감정이 공유되고, 뱀이라는 듣도 보도 못한 무서운 생명체에 대한 '경계'의 개념이 생긴 것이다. 감정과 개념은 그들의 뇌에 깊숙이 각인되고, 뇌는 시도 때도 없이 경보 벨을 울려 주변의 행위자를 과잉 탐지하게 만든다. 굵은 나뭇가지만 봐도 앞뒤 없이 줄행랑부터 치게 된 것이다. 번거롭기야 하겠지만 뱀을 나뭇가지로 착각하는 것보다는 안전했을 거다.

한편 서쪽으로 갔던 4호는 며칠이 지난 후에야 동굴로 돌아온다. 촌놈 1호와 달리 촌놈 4호는 친구들에게 아주 '행복한' 뉴스를 들려준다. 서쪽 들판 끝에 아리따운 아가씨들이 살고 있으며, 그중 한 아가씨에게 반해 밤새도록 구애의 춤을 추었고, 마침내 그녀의 마음을 얻어 사흘 밤낮 사랑의 춤을 추었다고.

촌놈 1, 2, 3호에겐 뱀 이야기를 들었을 때와 똑같은 신체반응
이 일어난다. 이번엔 두려움이 아니라 설렘이라는 감정 때문에.
각자의 머릿속에서는 《그레이의 50가지 그림자》는 우습게 찜 쪄
먹을 에로영화가 상영됐을 것이다. 다음 날 아침, 그들은 서쪽을
향해 멀고 먼 길을 떠난다. 그리고 어떻게 됐을까. 행복하게 오래
오래 잘 살았을까? 다른 건 몰라도 아이는 많이 만들었을 거다.

우리는 서쪽 들판에서 태어난 그 아이들의 후예다. 진화의 과
정에서 우리 머리엔 그들이 이야기를 통해 공유한 실체 없는 것
에 대한 '개념'이 유전자처럼 새겨졌다. 우리 몸에는 개념이 야기
하는 신체 반응들이 프로그래밍되었다.

《이야기의 기원》의 저자 브라이언 보이드는, 인간에게 이야기
는 고도의 정신활동이 아닌 진화적 '적응'이었다고 선언한다. 이
야기 자체에 생물학적 목적이 있는 것은 아니지만 생물학적 목적
을 위해 이야기 능력을 발전시켰다는 거다. 판단력을 높여 생존
과 직결된 미래의 지침을 알기 위해서, 그리하여 어느 날 갑자기
닥쳐온 생의 위험에 보다 현명하게 대처하기 위해서.

얻어듣기로, 멸종한 호모에렉투스와 살아남은 사피엔스의 차이는 여기에 있다고 한다. 보이지 않는 것을 이미지화하는 능력. 이야기라는 허구에 대한 상상력. 그것이 없었다면 인간은 여태 사바나에서 풀뿌리를 캐고 있을지도 모르겠다.

문명은 불과 백 년 사이에 정신 못 차리게 변화했다. 그러나 인간의 뇌는 사바나를 탈출하던 시절에서 (진화론적으로 봤을 때) 크게 변화하지 않았다고 한다. 진화의 시계를 24시간으로 본다면, 사피엔스가 세상에 출몰한 것은 현재인 자정에서 불과 3초 전이라고 한다. 우리 뇌를 변화시키기엔 '3초'가 너무 짧지 않겠는가. 그러므로 세상이 어떻게 변했든, 인간은 여전히 (예나 지금이나) 타인을 거울 삼아 살아간다. 허구의 이야기를 실제 이야기처럼 시뮬레이션하고, 모든 것을 이야기적 방식으로 판단한다. 잘 조형된 허구의 이야기에서 삶의 어떤 모범, 삶의 방식에 대한 카탈로그를 포착해낸다. 무엇보다 미학적 감동을 얻는다.

지_ 이야기에서 미학적 감동이란 구체적으로 무엇인가.

정_ 이야기의 미학적 감동은 윤리나 도덕과는 아무런 관계가 없다. 희생적 행동이나 배려, 양보 같은 이타적 가치가 주는 감동과도 전혀 다르다. 그것은 어떤 순간에 가깝다. 내 이야기를 예로 들어보겠다.

나는 열두 살에 처음으로 시체를 봤다. 비 오는 여름 저녁, 동네 둑길에서였다. 해골처럼 깡마른 남자가 늙은 버드나무 밑에 누워 있었다. 툭 불거진 눈은 벌겠고, 낯빛은 창백하고, 검은 혀가 길게 빠져나와 있었다. 그 위쪽 나뭇가지에선 빨랫줄이 늘어져 있고 남자 옆엔 슬리퍼가 놓여 있고, 동네아저씨들이 그를 에워싼 채 쑤군거리고 있었다. 내 곁에는 남동생이 서 있었다. "누나, 저 아저씨 죽었어?" 동생이 물었지만 나는 대답하지 않았다. 주먹을 꽉 틀어쥔 채 남자에게서 시선을 떼지 않았다. 끔찍한 형상이었는데도 눈을 뗄 수가 없었다. 짐작건대, 충격에 빠진 나머지 그 자리에 얼어붙었을 것이다. 이후에 뭘 했는지는 기억이 명확치 않다. 비명을 질렀거나, 동생 손을 잡고 돌아서서 달아나지 않았을까. 그 낯선 주검은 내게 어떤 의미도 없었다. '저 사람은 죽었다'는 생각 말고는. 주검의 이면에 놓인 이야기를 읽어낸 것은 현장에서 벗어난 후였다. 그렇구나, 그 사람은 나뭇가지에 목을 매달아 자살을 한 거구나. 이후 종종 그 남자가 등장하는 악몽을 꾸었다. 그런데도 진정한 죽음의 의미를 생각하게 된 건 십여 년이 흐른 후 어머니의 죽음을 맞았을 때였다.

어머니는 내게 있어 신과 동의어였다. 어머니가 죽을 수도 있는 존재라고는 생각해보지 않았다. 아니, 그렇게 생각하는 것 자체가 불경이라 여겼다. 암 투병을 하는 어머니의 딸이자 간호사이자 보호자로 3년 반을 보냈으면서도. 사실은, 어머니의 죽음조차 믿지 않았다. 퇴근해 현관문을 들어서면, 어딘가에서 "아이고 내 딸 왔구나" 하며 달려 나올 것 같았다. 안방 문을 열고 "엄마" 하고 부르면 눈을 뜨고 침대에서 몸을 일으킬 것만 같았다. 아무도 없는 컴컴한 방 안에 우두커니 선 채, 꿈에서 막 깨어난 사람처럼 사방을 두리번거리며 좌절하기를 몇 달이었을까.

비로소 나는 받아들이기 시작했다. 어머니의 죽음과, 내가 살고 있는 이 세계에는 어머니가 부재한다는 사실과, 현실과의 단절이라는 죽음의 실체와, 나도 언젠가는 죽으리라는 생명의 필멸성과, 언젠가가 언제인지 아무도 모른다는 불확실성과, 그것이 닥쳐오기 전에 내 삶과 치열하게 맞붙어야 한다는 현실과제를…… 또한 존재가 사라져도 세상이 변함없이 돌아가고 시간은 흘러간다는 것, 존재의 죽음이 이 세계에 아무런 영향도 미치지 못한다는 것, 존재는 단지 한 번 사는 것뿐이라는 서글픈 진실을 실감했다. 처음 주검과 마주쳤던 그때에서 죽음의 의미를 깨달았던 때까지 십수 년이 걸린 셈이다.

이처럼 현실에선 상황과 상황의 의미가 동시에 인지되지 않는다. 어떤 일이 벌어진 후 몇 시간에서 며칠, 나처럼 십수 년의 세월이 지나야 하는 경우도 있다. 때로는 영원히 그 의미를 깨닫지 못할 때도 있고.

아리스토텔레스는 《시학》에서 이야기는 이를 한순간으로 일치시킨다고 말한다. 이 일치의 순간에 이는 것, 밀물처럼 밀려느는 어떤 정서와 깨달음이 융합되는 현상이 바로 미학적 감동이다. 대개 이야기의 절정부에 위치하고, 우리는 주인공에게 일어나는 일과 그의 행동을 보면서 동시에 의미를 깨닫는다. 내가 아는 바, 위대한 '한순간'이 가장 잘 표현된 것이 켄 키지의 소설 《뻐꾸기 둥지 위로 날아간 새》의 절정 부분이다.

1인칭 화자인 브롬든 추장은 전두엽절제술을 받고 식물인간이 된 맥머피를 베개로 눌러 죽인 후, 유리창을 깨고 병원을 탈출해서 들판으로 달려간다. 표면적으로만 보면 그는 살인을 저지르고 정신병원에서 도망치는 살인범이다. 하지만 그 책을 읽은 사람이라면 누구도 이 절정 부분을 그렇게 해석하지 않는다. 체제가 치료라는 이름으로 억류시킨 맥머피의 영혼을 모욕적인 상태로부터 구원하고, 순응해온 체제로부터 스스로 탈출함으로써 자신을 구원하는 '자유의지'가 구현되는 장면이다. 이야기는 미학적 감동이 숨겨진 이 절정을 위해 기나긴 여정을 달려온 것이다.

지_ 앞서 말한 것처럼 이야기의 장르는 여러 가지다. 영화, 드라마, 연극, 게임…… 실사 같은 영상이 흘러넘치는 시대다. 이러한 시대에 왜 하필 문학인가. 반드시 '문자언어'로만 이야기를 전달하겠다고 고집할 이유가 있는가?

정_ 맞다. 지난 한 세기 동안, 이야기를 전달하는 많은 장르들이 눈부시게 발전했다. 그사이 문학은 인간을 움직이는 힘을 점점 잃어가는 중이고. 문학이 인간의 영혼에 불을 지르고 세상을 타오르게 하던 일은 호랑이 담배 먹던 시절 얘기가 됐다. 온 사방에서는 끊임없이 문학의 부고가 들려온다. 그럼에도 나는 문학을 통해서만 이야기를 해왔고, 앞으로도 그리할 것이다.

　이야기는 삶에 대한 은유다. 그리고 문학은 은유의 예술이다. 한 뼘 남짓한 인간의 머릿속에서부터 저 광활한 우주공간까지, 수만 년 전 사바나 시절부터 수백만 년 후의 미래까지, 인간과 삶, 세계와 운명을 한계 없이 은유해내는 것, 그것이 문학이 품고 있는 원형적 힘이다. 온갖 영상매체가 현란한 이야기를 쏟아내는 이 시대에 문학이 생존할 수 있는 힘이기도 하다. 나는 그 힘을 믿는다. 그리고 내가 다룰 수 있고 잘 다루고 싶은, 더 나아가 예술적으로 다룰 수 있기를 간절히 욕망하는 유일한 도구가 '문자언어'다.

지_ 소설을 쓸 때 가장 중요하게 여기는 것은 재미와 의미인가?

정_ 그렇다. 둘 중에서도 우선순위는 재미다. 소설은 일단 재미가 있어야 한다. 독자를 홀려서 허구라는 낯설고 의심적은 세상으로 끌어들이려면. 그러나 소설적 재미가 단순한 자극이나 흥밋거리만을 뜻하지는 않는다. 상업주의적 작품을 칭하는 것도 아니다.

　나는 독자가 내 소설 안에서 온갖 정서적 격랑과 만나기를 원한다. 기진맥진해서 드러누워버릴 만큼 극단의 감정을 경험하길 원한다. 분노, 절망, 슬픔, 비애, 사랑, 감동…… 소설이라는 이야기 형식 안에서 안전한 거리를 두고 겪는 감정경험들은 세계에 대한 우리의 시선을 확장시키고, 인간에 대한 이해의 깊이를 만들어주고, 삶을 풍요롭게 만든다. 또한, 독자가 주인공과 함께 절정까지 내달리기를 원한다. 앞서 말했다시피 절정에는 이야기의 영혼, 즉 작가가 세상에 하고 싶은 말이 숨어 있다. "나는 세계를, 삶을, 인간을, 이렇게 바라본다"라고. 바꿔 말하면 작가는 이 메시지를 절정부에 숨겨놔야 한다. 이것은 이야기의 의미이기도 한데, 의미 자체가 재미인 경우도 있다. 아마도 가장 바람직한 형태일 것이다.

지_ 정유정의 소설은 종종 '영화적' 혹은 '영화화를 노리고 쓴 작품'이라는 평가를 받는다. 본인이 그러한 평가를 좋아하지 않는다는 인터뷰도 읽었다. 왜 그런가. 영화화를 노리고 소설을 쓰면 안 되나?

정_ 써도 된다. 그러고 싶으면 그리하면 되는 거다. 그걸 나쁘다고 생각하지 않는다. 다만 나는 아니다. 그동안 '아니다'라고 부정했던 적은 있지만 적극적이고 구체적으로 해명해본 적은 없었다. 이 인터뷰가 그 기회가 되었으면 한다.

'영화화를 노린다'라는 말의 앞뒤 맥락을 보면 '영화화가 되기를 간절히 원하는 작가'라는 의미가 깔려 있다. 소설가이면서 '소설보다 영화를 궁극에 둔다'는 전제가 깔려야만 가능한 말이기도 하다. 논리가 아닌 인상평가로 그렇게 단정 짓는다. 왜 그런 인상을 받는가, 그들의 말을 곰곰이 들어보면 대개 이유가 비슷비슷하다. 영화처럼 시각적이다, 카메라로 비추는 것처럼 생생하고 구체적이다, 영화처럼 서사가 드라마틱하다…….

나는 소설의 종류를 크게 둘로 나눈다. 하나는 생각을 하게 하는 소설, 다른 하나는 경험을 하게 하는 소설. 생각을 하게 하는 소설은 독자의 지성을 자극한다. 어떤 가르침 혹은 깨우침을 주거나, 주제에 대한 깊은 사고를 유도하거나, 하나의 목적(추리소설이라면, 범인 찾기)에 집중하게 하거나…….

경험을 하게 만드는 소설은 독자의 정서에 호소한다. 독자를 허구의 세계로 밀어 넣은 후, 그 세계를 (불을 뿜는 용이나 유령이 '주요 인물'인 세계라면 더욱더) 실제세계처럼 믿게 하는 것이 우선 과제다. 그래야 독자가 주인공을 동일시할 수 있고, 그의 내면에 감정적으로 이입할 수 있으며, 이입이 돼야만 이야기로 연결되는 통로가 생긴다. 연결통로가 있어야 독자는 내게 벌어진 일처럼, 지금 겪고 있는 일처럼 생생하게 느끼고 경험할 수 있다. 즉 공감한다는 얘기다. 아마도 절정에서 독자가 기대할 수 있는 것은 오래오래 남는 여운과 감흥과 정서적인 충만감일 것이다.

벌써 알고 있겠지만 내 소설은 후자의 범주에 속한다. 독자를 새로운 세계로 끌어들인 후, 실제에선 경험하기 힘든 일을 실제처럼 겪게 함으로써, 삶과 세계에 대한 새로운 시각을 얻어 안전한 현실로 돌아가게 만드는 것이 주목적이다. 돌아간 후로도, 이야기를 통해 던져진 질문으로 인해 심란해하고, 질문에 대한 해답을 진지하게 고민했으면, 하는 게 작가로서의 내 바람이다.

물론 생각만큼 쉽지 않은 일이다. 새로운 세계로 발을 들여놓게 하려면 당연히 그 세계를 보여줘야 한다. 그것도 아주 매혹적으로(어떤 종류의 매혹이든 간에). 이사를 하려 할 때, 새로 살 집을 먼저 봐야 하는 것과 비슷한 이치다. 인간은 오감 중에서도 시각이 가장 뛰어난 동물이다. '본다'는 행위는 시각에 의존한다. '상상한다'는 행위 역시, 시각이 제공하는 이미지에 의존한다. '느낀다'는 그다음 얘기다. 내 소설이 시각적인 이유는 여기에 있다.

　누군가는 그러더라. 제아무리 정교한 소설 속 묘사도 카메라를 따라갈 수는 없다고. 내 생각은 다르다. 카메라는 화면 뒤편의 이면을 잡지 못한다. 세상의 모든 현상이나 존재에는 표면만 존재하지 않는다. 표면 뒤편에는 감춰진 심연이 존재한다. 사람도, 사물도, 하다못해 공기까지도. 영화로 이것을 표현하려면 배우의 뛰어난 연기나 이야기의 흐름, 그 외 관객의 상상력을 자극할 장치의 도움을 받아야 한다. 보이지 않는 것을 표현해내는 영화적 장치가 필요하다.

소설은 별 장치 없이 이를 즉시적이고 구체적으로 구현해낼 수 있다. 영화가 다정하게 웃는 남자의 분노한 머릿속을 보여주기 위해 배우의 연기와 이야기의 흐름, 그것을 둘러싼 주변 분위기 같은 것들을 총동원하는 사이, 소설가는 곧장 그의 머릿속으로 들어가 활활 타오르는 분노의 불길을 드러내 보여주면 된다.

물론 시각만으로 모든 것이 충족되지는 않는다. 새로운 세계를 구경하는 정도로 만족할 사람은 없을 테니까. 그 세계에서 일어나는 일을 실제처럼 경험하고 싶을 것이다. 그러려면 실제처럼 구체적이고 생생해야 한다. 시체를 보여주는 데 그치는 게 아니라 독자의 팔에 시체를 안겨줘야 한다. 시체의 무게, 살의 차가운 감촉, 뻣뻣하게 굳은 근육을 만지게 해줘야 한다. 독자가 시신의 눈을 정면으로 바라보게 만들어야 한다. 그 순간, 자신도 모르게 숨을 멈추도록 만들어야 한다.

《7년의 밤》을 예로 들어보자. 이야기 도입부에서 댐 경비원인 승환은 야밤에 출입금지구역인 세령호에 몰래 잠수했다가 물속에서 세령의 시신과 맞닥뜨리게 된다.

> 물결을 타고 얼굴 뒤편으로 흐르는 검은 머리칼, 새하얀 얼굴, 몸에 휘감긴 흰 옷자락, 물을 차듯 위를 향해 쭉 펴고 있는 다리, 사람이었다. 머리부터 수직으로 하강하고 있는 여자아이였다.

일단 시신을 보여준 후, 시신과 접촉하는 장면이 이어진다.

필연적인 시점이 찾아왔다. 당황으로 커진 그의 눈과 부릅뜬 아이의 눈이 마주치는 시점. 그는 호흡이 뒤엉키는 걸 느꼈다. 아이의 눈은 그의 얼굴을 거쳐 목 아래로 내려갔다. 가느다란 팔이 그의 호흡기를 치고 스쳐갔다. 자그마한 맨발이 그의 어깨에 걸렸다가 미끄러져 내렸다. 기억이 되살아났다. 그 아이야.

다음으로 시각과 촉각이 동시에 동원된다.

손으로 주변을 더듬으면서 흐릿한 물 밑으로 내려갔다. 곧 길고 검은 수초더미 같은 것이 시야에 잡혔다. 아이의 머리칼이었다. 금방까지도 머리를 밑으로 한 채 가라앉고 있던 아이는 똑바로 선 채 수중에 떠 있었다. 불과 몇 초 사이에 몸이 시계초침처럼 반 바퀴 돈 셈이었다. 그는 손을 뻗어 머리칼을 잡아 올렸다. 자그마한 얼굴이 쓱 끌려 올라와서 그와 대면했다.

나는 이 장면을 쓰면서 무서움, 두려움, 공포 같은 단어를 쓰지 않았다. 그런 감정을 설명하지도 않았다. 하지 않아도 독자는 승환의 감정을 함께 경험하고 공유할 수 있으리라 믿었다. 승환의 뒤를 따라 이야기 속으로 들어가리라고 기대했다.

세 번째로 오해받는 요인은 극적 서사다. 나는 이야기가 현실과 상상 사이에서 닐을 뛰는 예술이라고 배웠다. 주인공이 갈 수 있는 최극단의 지점까지 끌고 올라가고 추락하듯 내려와야 한다는 것이다. 그 사이에 위치한 평지는 과정으로서 묘사되는 것이며 목적지는 아니다. 극적 한계를 추구하는 건 이야기의 본성이기도 하다.

나는 모든 이야기 예술의 본령은 문학이라고 믿는다. 이야기가 삶에 대한 은유이자 인간을 총체적으로 규명해내는 작업이라면, 인간과 삶과 세계를 한계 없이 은유해낼 수 있는 장르는 문학뿐이다. 그리고 나는 문학을 한다. 영화를 향해 글을 쓰지는 않는다. 오직 독자를 향해 글을 쓴다.

지_ 그럼에도 소설 대부분이 영화화됐거나, 되거나, 되는 중인데, 자기 소설이 영화화되면 기분이 어떤가?

정_ '영화화'는 내가 소설로 얻는 여러 결과 중 하나다. 그렇다고 해도 내가 만들어낸 인물과 세계가 육신을 얻어 물리적으로 실체화되는 일은 즐겁다. 다만 소설에 충실한 영화를 만드느냐, 아니냐는 내 관심사가 아니다. 그보다는 소설 속에서 벌어지는 사건과 인물을 어떤 시각으로 해석할까, 화면으로 드러내기 힘든 부분을 어떤 방식을 써서 구현해낼까 하는 것들에 대해 더 기대를 갖고 있다. 감독의 세계관도 관심이 간다. 그런 이유로 영화 작업에는 일절 끼어들지 않는다. 요구는 물론이고, 사소한 조언조차 하지 않는다. 영화는 그들의 작업이고 나는 감상자로서 즐기면 충분하다. 2015년에 개봉한 〈내 심장을 쏴라〉는 흥행에 성공하진 않았지만 원작자인 나는 감동적으로 봤다. 보는 내내 즐거웠다. 게다가 주연배우들이 꽃미남이었다. 그거면 충분하지 않나?

지_　등단작인 《내 심장을 쏴라》를 제외하곤 모두 악인이 주인공의 적대자나 주요 인물로 등장한다. 심지어 《종의 기원》에서는 악인이 주인공이다. 악에 대해 관심을 갖는 특별한 이유가 있는가.

정_　대부분의 작가들은 한두 가지의 테마―자신만의 세계―를 평생토록 변주한다고 한다. 헤밍웨이는 죽음에 직면한 인간에 대해, 디킨스는 가족 혹은 아버지를 찾아 헤매는 소년의 이야기를, 스티븐 킹은 인간 심연에 잠재하는 공포에 대해 일관되게 그려냈다. 나는 인간 본성의 어둠과 그에 저항하는 '자유의지'에 관심이 많다.

　인간은 누구나 이중성을 지닌다. 그 내면에는 햇빛이 비치는 탁 트인 벌판이 있고 빛이 들지 않는 '심연'이라는 어두운 숲이 있다. 이 숲에는 인간 삶에 문제를 일으키는 온갖 야수들이 잠들어 있다. 질투, 시기, 분노, 증오, 혐오, 욕망, 쾌락, 공포, 절망, 폭력성…… 이 야수들을 깨우기 위해서는 조건이 필요하다. 요컨대, 이 어두운 생명체들은 점화에 의해 각성되는 것이다. 이 숲은 민들레 홀씨처럼 어느 날 갑자기 불현듯 날아와 형성된 것이 아니다. 땅속에서 불쑥 자라나 숲을 이룬 것도 아니다.

그렇다면 우리 안에 이런 숲이 왜 존재할까. 숲에 갇힌 야수들이 어느 날, 어떤 일을 계기로 눈을 뜰까. 무엇에 의해 점화될까. 이들을 의식의 수면 위로 추동시키는 힘은 무엇일까. 이 힘이 운명의 폭력성과 결합할 때 어떤 일이 일어날까. 과연 우리는 그것을 우리의 자유의지로 극복할 수 있을까…….

나는 이런 의문들을 오래전부터 품어왔고, 이것이 적절한 소재와 결합되는 순간, 가슴이 뛰기 시작한다. 운명적 사랑을 만난 것처럼 열이 펄펄 끓고 온 정신이 거기에 집중되고, 세상은 그것을 중심으로 돌아간다. 이야기가 내게로 와서 나의 세계가 되는 순간이다. 어쩌면 여기에는 타고난 성향이 관련돼 있을지도 모르겠다.

스티븐 킹은 《유혹하는 글쓰기》에서 이렇게 고백했다.

달착지근한 것은 싫다. 고상한 것도 싫다. '백설 공주와 빌어먹을 일곱 난쟁이'도 싫다. 열세 살 때 내가 원했던 것은 도시를 통째로 집어삼키는 괴물들, 방사능에 오염된 후 바다에서 기어 나와 파도타기 하는 사람들을 잡아먹는 시체들, 그리고 검은 브래지어를 걸치고 몸가짐이 헤픈 여자들이었다.

나는 기본적으로 대중적 정서의 방향이 제시된 이야기에는 욕망을 느끼지 못한다. 행복이라든가, 평범한 일상이라든가, 아름다운 연인의 완벽한 사랑이라든가, 도덕적이고 고결한 삶이라든가.

내가 좋아하는 것은 이런 것이다. 운명의 변덕에 휘둘린 불운한 인간, 최선을 두고도 파멸로 치달아버리는 어리석은 인간, 욕망에 눈멀어 자신을 내던지는 무모한 인간, 참혹한 상황 속에서도 지키고자 하는 것을 기어코 지켜내는 인간, 추하고 졸렬한 민낯을 드러낸 야만적인 인간, 죽음 앞에서 분노하고 두려워하는 남루한 인간…….

그런 이유로 인간의 어두운 숲에 잠든 야수들이 내 소설의 주요 테마가 되었다. 뒤집어 말하면, 내 소설은 우리 안에 잠든 어둠의 생명체를 이야기의 주술을 빌려 밝은 들판으로 불러낸 이야기다. 내 소설의 주요 인물은 나와 먼 세계에 사는 개별적 악당이 아니라, 보편적 인간인 우리 안의 야수가 극단적으로 확장된 생명체다. 독자들이 내 소설에서 불편함을 느끼는 건, 이야기 속으로 들어서면서 곧장 이 정체 모를 생명체와 정면으로 맞닥뜨리기 때문일 것이다. 무엇보다 그들이 낯설면서도 낯익은 존재라는 점에서 불안과 긴장, 경계심을 느끼게 되는 거다.

지_ 현실만으로도 충분히 힘들다. 구태여 가상의 세계에서까지 힘든 일을 겪어야 한다면, 그럴 이유 혹은 가치가 있어야 하지 않을까.

정_ 소설은 그저 현실도피용 도구가 아니다. 낯선 삶, 우리가 경험한 적이 없는 삶을, 전혀 다른 사람이 되어서 적극적으로 살아보게 하는 모험적 도구다. 이 경험은 세상에 대한 우리의 시각을 확장시킨다. '시각의 확장'이란 몰랐던 가치에 대해 눈을 뜨는 것이며, 이 개안은 이해할 수 없었던 삶의 속성을 이해하게 만들어준다. 여기에서 이해란, 관용이 아니라 '앎'을 뜻한다. 앎은 새로운 깨달음이고, 이것은 우리를 완전히 다른 삶으로 이끌기도 한다.

문학이 세상을 바꿀 수는 없을 것이다. 하지만 한 개인의 삶혹은 삶에 대한 시각을 바꿀 수는 있다고 믿는다. "사람을 죽이는 건 최고로 나쁜 짓이다"라고 배워온 내가 "살인이 구원일 수도 있다"는 도덕 이면의 진실을 깨달은 건 열다섯 살 때다. 1980년 5월, 광주민주화항쟁이 있었던 바로 그때.

오래전이라 정확한 날짜는 기억하지 못한다. 시민군이 도청을 사수하고 진압군이 광주외곽을 폐쇄했던 무렵이었다는 것만 기억한다. 나와 남동생은 광주로 유학을 온 촌뜨기였고, 학교 근처에서 하숙을 했다.

그날 저녁 하숙집 아저씨와 아줌마, 방에 숨어 있던 대학생 언니 오빠들이 모두 마당 평상에 모여 앉아 삼겹살에 소주를 마셨다. 그날 하숙집 식구들 모두 도청으로 나갈 거라 했다. 진압군이 야음을 타서 도청으로 진군해 올 거라는 소문이 돌았고, 시민들은 모두 도청 앞 광장으로 나와 도청을 사수해달라는 호소가 있었다. 그러니까 그날의 삼겹살 파티는 하숙집 식구들이 도청 앞 시민시위에 참여하기 위해 서로 용기를 북돋우고 결의를 다지기 위한 것이었다.

주인아저씨는 내 방 창문에 두꺼운 솜이불을 대못으로 박아놓고는, 절대로 밖으로 나가지도, 대문을 열어주지도 말라고 일렀다. 그리고 나머지 식구들과 함께 도청으로 나갔다. 떠들썩하던 집 안에는 괴괴한 정적이 흘렀고, 동네에선 개들이 짖어댔고, 외곽에선 총소리가 들려왔고, 비가 내리기 시작했다. 동생은 잠이 들었으나 나는 밤이 늦도록 잠을 이루지 못했다. 총소리가 상상에 불을 질렀던 거다. 아비규환이 된 도청 앞 광장, 총에 맞아 쓰러지는 시위대, 그들의 모습 위로 자꾸 하숙집 식구들의 모습이 겹쳤다. 나는 무섭고 불길한 상상을 견디지 못하고 대학생 오빠 방으로 건너갔다. 모든 사물이 그렇듯, 책도 한 가지 목적으로만 쓰이지 않는다. 마음의 양식도 되고, 때로 수면제도 된다. 내가 원한 건 수면제였다.

책장에서 적당한 책을 빼들고 내 방으로 돌아왔다. 켄 키지의 《뻐꾸기 둥지 위로 날아간 새》였다. 세로줄 판형이었고, 몇 장만 읽으면 잠이 올 법해 보였다. 잠을 자고 나면 아침이 올 테고, 아침에는 하숙집 식구들이 모두 돌아와 있을 것 같았다. 간밤에 아무 일도 없었던 것처럼. 나는 솜이불을 친 창가에 기대 앉아 책을 폈다. 정신을 차렸을 땐, 책의 마지막 장을 덮고 있었다. 가슴 밑바닥에선 용암처럼 뜨겁고 무거운 것이 부글부글 끓었다. 숨쉬기조차 힘들었던 나머지 창문을 열려고 이불을 걷어 올렸다. 그런데 창밖에 동이 터오고 있더라. 밤새 내리던 비도 그쳤고, 개 짖는 소리도 딱 그쳤고, 온 세상이 침묵하자고 약속하고 입을 다문 것 같았다. 그제야 나는 총소리가 그쳤다는 걸 깨달았다. 총소리가 그쳤다와 진압이 끝났다는 게 같은 말이라는 것도. 길바닥에 쓰러진 하숙집 식구들 얼굴이 하나하나 떠오르고, 그들의 얼굴이 주인공 맥머피의 얼굴과 겹치는 기분이었다.

순간 가슴속에서 부글부글 끓던 것이 밖으로 터져 나왔다. 나는 창가에 엎드려 소리 내어 울기 시작했다. 목젖까지 바르르 떨면서 울었다. 소설을 읽고 눈물을 흘려본 적은 있으나 그토록 오열을 한 것은 그때가 처음이자 마지막이었다.

어린 시절, 동네 어른들은 묻곤 했다. "너는 커서 뭐가 될래?" 나는 "작가가 될 거예요"라고 대답하곤 했다. 하지만 "왜?"라고 물으면 대답을 할 수가 없었다. 몰랐기 때문이다. 돈을 많이 벌고 싶어서? 유명해지고 싶어서? 아니었다. 그날에야 나는 왜 작가가 되고 싶은지를 깨달았다. 나도 이런 소설을 쓰고 싶었다. 독자에게 가슴 터질 듯한 새벽을 선물하는 소설, 그리하여 뜨겁게 오열하도록 만드는 소설을. 섬광기억처럼 날카롭게 새겨진 그날의 일은 처녀가장 노릇을 하던 청춘기에도, 간호사와 평범한 회사원으로 살던 시절에도, 끈질기고 절박하게 작가를 꿈꾸게 만들어주었다.

이만하면 불편하고 고통스러운 이야기를 불편과 고통을 감수하며 읽을 가치가 있지 않나?

지_ 그렇다면 작가는 자기 테마를 어떻게 발견하나? 쓰다 보면 자신의 성향을 알게 되는가? 습작생을 위해 한마디.

정_ 소설을 쓰기 전에 던져봐야 할 말이 있다.

"나는 이 이야기를 통해 무슨 말을 하고 싶은가."

할 말이 없는 작가는 쓸 말도 없다. 할 말이 있어도 어떻게 써야 할지 모르면 쓸 수 없다. 어떻게 써야 할지 알아도 직접 해보지 않으면 모르는 것이나 같다.

우선, 할 말이 무언지 알려면, 자신의 독서취향을 분석해보는 방법이 있다. 대개 좋아하는 장르의 책들이 자신의 테마와 관련 있는 경우가 많다. 또렷하게 의식하지 못할 뿐이지 무의식의 욕망은 무엇을 쓰고 싶은지 이미 알고 있는 셈이다.

두 번째, 작가에겐 '무엇을 쓸까'도 중요하지만, '어떻게 쓸까'도 중요하다. '무엇'만 있고 '어떻게'가 없으면 글이 조악해진다. '무엇'은 없고, '어떻게'만 있으면 글이 허무해진다. '무엇'을 이야기로 쓰려면 이를 논리적으로 증명할 방식도 준비되어야 한다. 말이 돼야 하는 거다. 그것도 독창적 방식으로 말이 돼야 한다. 스토리텔링의 핵심이다.

'어떻게'로 가는 첫걸음은 자신의 장르라고 짐작되는 분야의 책을 많이 읽는 것이다. 그냥 읽는 게 아니라, 분석하면서, 해부학을 공부하듯 하나하나 읽어야 한다. 노트를 마련하고, 장르, 구조, 플롯, 상징, 인물의 성격, 문장 등을 세세하게 기록하면서 연구해야 한다. 특히 본인에게 재미있거나 인상 깊었던 소설이라면 책장이 너덜너덜할 정도로 공부하길 권한다(내 경우, 스티븐 킹의 《미저리》와 〈사계〉가 그랬다). 하다 보면 어떤 패턴을 볼 수 있게 된다. 이야기의 형식을 장악할 수 있겠다는 자신감도 생길 것이다.

지_ 하지만 형식에 얽매이다 보면, 상투적이고 관습적인 소설이 될 수 있지 않을까?

정_ 상투성은 형식이 만드는 것이 아니다. 작가의 게으름이 만든다. 그 세계에 대해 잘 모르기 때문에 어디선가 봤거나 들었던 이야기를 끌어들이는 거다. 그래서 공부가 중요하다. 아는 바가 없어서는 글을 쓸 수가 없으니까. 맥키는 독창성이 관습을 파괴하거나 무시하는 데서 나오는 것이 아니라고 했다. 그것은 이야기를 증명하는 방식에서 나온다는 것이다. 형식과 관습이 같은 말인 것도 아니다. 어떤 것이 관습이 되었다면 그것이 애초에 말이 되는 이야기였기 때문일 것이다. 기본 원칙을 알아야만 변주가 가능하다.

로맨스 소설이라면, 반드시 사랑에 빠진 남녀가 있어야 한다. 범죄소설이라면, 먼저 범죄가 일어나야 한다. 성장소설이라면, 어떤 일로 인해 내적 외적으로 변화하는 인물이 있어야 하고, 여로소설이라면 주인공이 우선 길을 떠나도록 만들어야 한다. 장르의 기본원칙이다. 장르를 정했다면, 이야기를 그 장르의 틀 안에서 어떻게 풀어 나가느냐, 하는 것이 형식이다.

'독창적'인 이야기를 쓰는 게 쉬운 일은 아니다. 그렇다고 지레 포기할 일도 아니다. 끈질기게 노력하고 애쓰다 보면, 어느새 '그 작가만이 가능한 소설'을 쓸 수도 있지 않을까. 나는 그렇게 믿고 싶다. 믿어야 계속 쓸 수 있을 테니까.

지_ '독재자는 권력을 잡은 후, 가장 먼저 작가의 심장에 총을 겨눈다'는 말이 있다. 같은 맥락에서 플라톤은 이 땅에서 시인들을 모두 몰아내라고 했다. 그만큼 작가는 대중에게 영향력이 있는 사람이라는 말 같다. 작가의 의무에 대해서는 어떻게 생각하나.

정_ 내가 생각하는 작가의 의무는 하나다. 진실을 말해야 한다는 것.

작가는 대중의 감정을 파고드는 존재다. 인간은 정서의 동물이며 모든 행동의 바탕에는 어떤 정서, 즉 감정이 자리 잡고 있다. 생각은 변할 수 있고, 설득당하거나 논파당할 수도 있다. 하지만 감정은 좀처럼 움직이지 않는다. 생각이 바뀌어도 밑바닥에 깔린 감정은 지속적이다.

예를 들어, 친구와 싸운 후를 생각해보자. 누구의 잘못이든 친구와 관계를 지속해야 할 필요가 있기 때문에 나는 화해를 청해야 한다고 생각한다. 하지만 화해한 후에도, 무의식에 깔린 감정은 쉬 사라지지 않는다. 먼저 화해를 청하지 않은 친구에 대한 서운함, 자신이 잘못하지 않았다는 억울함, 왜 내가 먼저 화해를 청해야 하는지에 대한 울화…… 이야기는 이 지점을 파고들기 때문에 위력이 크다. 작가는 독자의 머리가 아니라 심장을 뒤흔들어야 한다. 거짓을 말해서는 안 되는 이유다.

《28》을 출간한 후, 가장 많이 들었던 질문이 있다. 하나는 앞을 못 보는 고아 소녀 승아를 꼭 그렇게 잔인하게 죽도록 만들어야 했는가. 또 하나는 착하디착한 간호사 노수진이 꼭 동네 건달들에게 윤간을 당하고 죽어야 했는가, 이다.

거기에 대한 내 대답은 이렇다. 전쟁이나 재앙이 일어나면 가장 많이 희생당하는 이가 어린애와 여자다. 육체적으로도, 정신적으로도, 생명 그 자체로도, 가장 약탈당하기 쉬운 대상이다. 그들이 천사처럼 착하다 해서, 백합처럼 순수하다 해서 약탈 대상에서 배제될 순 없다. 우리는 그것을 잘 알고 있다. 알면서 '무사히 오래오래 살았다'라고 쓸 수는 없는 거다. 왜냐하면 그것은 진실이 아니니까. 최소한 나는 그것이 진실이 아니라고 믿으니까.

작가는 자기가 믿는 바를 써야 한다. 물론 그 믿음이 잘못된 것은 아닌지 끊임없이 성찰할 필요가 있다. 편향된 시각을 가진 것은 아닌지, 철저한 자기검열이 필요하다. 그러려면 건강해야 한다. 정신은 물론 몸과 가치관, 세계와 삶과 인간을 바라보는 시각 모두.

지_ 그 모든 게 건강하려면 어떻게 살아야 하나. 평소에 어떻게 생활하나.

정_ 나는 보기보다 활동적인 성격이 아니다. 하루 대부분을 집에서 보낸다. 일단 일찍 일어난다. '아침형 인간과 저녁형 인간의 차이라면, 아침형 인간이 일찍 일어난다는 이유로 우쭐댄다는 것 하나뿐'이라는 우스개를 본 적이 있는데, 내 생각엔 이점이 한 가지 더 있다. 바로 코르티솔이라는 부신호르몬이다. 스트레스를 관리하고 창의력과 집중력을 높여주는 호르몬으로 대개 이른 아침에 많이 분비된다고 한다.

고백하자면, 직장생활을 할 때 나는 아무 때나 누울 자리만 있으면 자는 형이었다. 그것도 이를 박박 갈면서. 직장을 그만두고, 습작을 시작하면서 패턴을 바꿨는데 운 좋게 나와 잘 맞았다. 나랑 함께 자는 남편의 말에 의하면, 밤새 이 가는 소리가 들리다가 딱 그쳐서 시계를 보면 새벽 3시라고 한다. 내가 작업을 하는 시기에 일어나는 시간이다.

작업을 할 때의 내 일상은 아주 단순하다. 눈뜨자마자 믹스커피 진하게 타서 마시고, 세수하고, 화장실에 다녀오면 책상 앞에 앉아 이어폰을 꽂는다. 좋아하는 음악을 들으면서 완벽한 각성을 기다리는 거다(주로 데스메탈이나 고딕메탈을 듣는다. 그런 음악을 듣고도 각성이 안 된다면 그건 인간의 뇌가 아니다). 그사이 온갖 허무맹랑한 상상들이 머릿속을 오간다. 건질 게 많지는 않지만 의식이 자유롭게 풀리는 효과는 있는 것 같다. 중요한 부분이나 진도를 빼는 작업이 주로 오전에 이뤄지는 걸 보면. 오후에는 집중력이 흐트러져서 오전에 한 작업을 수정하거나 책을 보거나 운동을 하며 시간을 보낸다. 이 패턴이 흐트러지면 불안하다. 《종의 기원》을 쓰기 위해 수영을 하면서 운동 시간이 오후에서 오전으로 바뀌었는데, 바뀐 패턴에 불안감 없이 적응하기까지 몇 달이 걸렸다. 요새는 운동시간을 다시 오후로 옮겼다. 집 근처 헬스장에서 두 시간 정도 스피닝, 요가, 웨이트 트레이닝을 섞어서 한다.

작업을 하지 않는 휴지기 때는 일상이 약간 불안정해진다. 책이 나온 후 몇 달은 외부 활동을 해야 하니까. 인터뷰나 강연, 북콘서트, 사인회…… 알다시피 광주에 거주하기 때문에 이런 외부 활동은 집중적으로 한 시기에 몰아서 해야 한다. 그럴 땐 서울에서 지내야 하는데, 규칙적인 생활이 될 리 없다. 그래도 어떻게 해서든 운동을 빼먹지 않으려 애쓴다. 다시 작업에 들어가려면 기초체력이 필요하니까.

지_ 영화나 텔레비전도 보지 않나?

정_ 한 십여 년 영화를 보지 않았는데, 요새는 (대개 서울에 있을 때) 가끔 본다. 텔레비전은 없다. 없앤 지 꽤 오래됐다. SNS도 하지 않고, 스마트폰도 즐기지 않는다. 연락을 주고받는 일이 아니면 아예 만지지도 않는다. 친구도 거의 만나지 않는다. 모임 자체를 그리 좋아하지 않는다. 혼자 술을 마시는 게 유일한 취미라면 취미다.

지_ 세상 돌아가는 상황은 어떻게 아나. 작가라면 세상에 레이더를 세우고 있어야 하는 것 아닌가?

정_ 뉴스가 홍수처럼 쏟아지는 세상이다. 인터넷만 열면 뭐든 다 볼 수 있다. 당연히 나도 본다. 내게도 손가락과 눈이 달려 있으니까. 가끔 여행을 하기는 한다. 관광지를 돌아다니는 여행은 아니지만. 작년 겨울을 프랑스 엑상프로방스에서 보냈는데 돌아다닌 기억이 별로 없다. 대부분을 아파트 안에서 책을 읽으며 지냈기 때문에.

지_ 책을 읽으러 프랑스까지 간 건가?

정_ 《종의 기원》을 쓰고 후유증이 좀 컸다. 떠날 때만 해도 원대한 포부가 있었다. 머리를 완전히 비울 때까지, 원 없이, 게으르게 놀아야지. 그런데 여전히 거기서도 단조로운 생활패턴을 되풀이하고 있더라. 꼭 누새벽에 일어나고, 수영을 하러 가고, 책 읽다가 일찍 자고…… 체류 중에 《7년의 밤》을 번역해 출판한 프랑스 쪽 출판사의 주최로 근처 도시를 돌며 독자와의 행사를 몇 개 했는데, 하필 그 무렵 된통 아팠다. 열이 펄펄 끓는 바람에 행사를 하러 간 그 도시들마저도 돌아보지 못하고 차 안에서 끙끙 앓았다. 그러다 보니 프랑스에 대한 추억이 거의 없다.

지_ 돈 드릴로는 〈파리 리뷰〉 인터뷰에서 "작가는 자신의 고독을 지켜줄 확실한 조치를 취하고, 그다음에는 수많은 방법으로 그 고독을 허비합니다. 창밖을 바라보고, 사전에서 아무 항목이나 찾아 읽어대죠. 저는 그 마법을 깨뜨리기 위해 보르헤스의 사진을 봅니다"라고 했는데, 작가로서 필요한 고독의 시간을 깨뜨리기 위해서 취하는 방법 같은 것은 어떤 것이 있나.

정_ 나는 기본 성향이 동물적이다. 격렬하게 몸 쓰는 걸 좋아한다. 운동도 정적인 것보단 역동적인 종목이 좋다. 달리기, 등산, 복싱, 수영, 스피닝 같은 것들. 근육이 아파야 만족스럽다. 아, 오늘 운동 좀 했구나. 음악을 들을 때도 눈을 감고 조용히 사색하며 감상하지 못한다. 춤을 추거나, 목청을 돋워서 따라 부르거나, 카라얀 흉내를 내거나. 물론 혼자 있을 때만 그렇게 한다. 어쩌다 남편이 있을 때 그러는 경우도 있는데, 백이면 백 번 다 비웃음을 산다. 내 생각엔 멋지게 잘하는 것 같은데, 아니란다. 뭘 해도 어설퍼서(더 직설적으로 말하면, 나사가 하나 빠진 것 같아서) 눈 뜨고 봐줄 수가 없단다. 주관성과 객관성의 괴리가 크다. 물론 나는 그런 비웃음 따위에 굴하지 않는다.

지_ 스티븐 킹이 가장 많이 듣는 질문은 "어디서 그런 아이디어를 얻습니까?"라고 하던데, 가장 많이 들은 질문이 뭔가?

정_ 왜 그렇게 인간의 악에 집착하는가를 가장 많이 궁금해하는 것 같다.(웃음) 그 대답으로 나는 리처드 도킨스가 《이기적 유전자》에서 했던 말을 들려주곤 한다.

우리들의 이기적 유전자를 완벽하게 이해하자. 그래야만 최소한 그들의 의도를 뒤집을 기회를 얻을 수 있다. 그리고 그 일은 인간이라는 종만이 할 수 있는 일이다.

관심을 갖고 이해하고, 거기에 대해서 인지를 해야만 대비책도 마련할 수 있다는 것이다. 지구상의 생명체 중에서. 자신을 스스로 들여다볼 수 있는 존재는 인간밖에 없다는 얘기고. 지금도 늑대들은 우두머리 자리를 차지하기 위해 목숨을 걸고 싸운다. 반면 인간은 싸움 대신 투표로 우두머리를 뽑는다. 가끔 '국익'이라는 명분으로 집단 총싸움을 벌이기도 하나 기본적으로는 평화를 유지하려 애쓴다. 이를 위한 사회적 룰도 만들어져 있다.

하지만 그것이 그저 얻어진 결과는 아니다. 먼저 왜? 라는 질문이 필요하고, 해답을 찾으려면 인간을 이해하는 과정이 필요하며, 이해하는 데서 문제를 인지하고, 인지함으로써 공론화할 수 있다. 공론화는 사회적 차원의 해결책을 연구하고 고민하는 무대가 된다.

인간이 저지르는 '악'이라는 문제도 마찬가지다. '왜?'라고 자꾸 물어야만 한다. 그걸 문학으로 묻지 못할 이유가 있을까.

지_ 스티븐 킹이 두 번째로 많이 받은 질문은 "당신은 '오로지' 공포소설만 씁니까?"라고 하던데, 두 번째로 많이 받은 질문은 뭔가?

정_ 나 역시, 앞으로도 계속 사이코패스 얘기만 쓸 거냐, 라는 질문을 많이 받는다. 항변을 하자면, 사람들의 기억에 강렬하게 남은 인물이 사이코패스이지, 실제로 내가 사이코패스 이야기만 써온 건 아니다. 사이코패스가 주인공인 이야기는《종의 기원》뿐이다. 나머지는 주요 인물, 혹은 주인공과 대립하는 적대자로 등장시켰다. 내 주인공들은 한결같이 자기 인생에서 가장 소중한 것을 지켜내려 애쓰는 사람들이었다.《내 심장을 쏴라》의 이수명,《7년의 밤》의 최현수,《28》의 서재형, 등단작인《내 인생의 스프링 캠프》도 인생에서 가장 소중한 것을 찾아나서는 아이들이 주인공이다.

지_ 지금 현 시점에서는 아무래도 《종의 기원》이 가장 애착이 가는 소설인 셈인가?

정_ 애착과 사랑은 좀 다른 문제인데…… 가장 사랑하는 작품은 《내 심장을 쏴라》다. 암울했던 내 청춘이 투영된 소설이기 때문이나. 《종의 기원》은 쓰는 내내 온전하게 한유진으로 살았기 때문에 애착이 크다. 속을 가장 많이 썩힌 주인공이었고. 속마음을 통 안 보여주는 통에 나는 컴컴한 동굴을 더듬는 심정으로 가야 했다. 가장 고민과 생각이 많았던 소설이기도 하다. 도덕이란 과연 무엇이냐, 인간의 선한 면이 자유의지냐, 본성이냐, 교육의 효과냐…… 내 결론은 '인간성'이라는 단어가 반드시 도덕성을 표상하지는 않는다는 것이다. 본성이 천사라면 노력 안 해도 천사로 살지 않겠는가. 그런데 노력 안 해도 저절로 되는 건 못된 짓 쪽이 많다. 그런 면에서, 인간이라는 종 자체는 우리가 생각하는, 혹은 기대하는 것만큼 지고지순한 게 아닐지도 모른다는 생각이 들었다. 선이라는 절대가치를 지향하고, 가치와 일치하는 행동을 할 때, 비로소 '존엄'이라는 말도 붙일 수 있는 게 아닐까 싶고. 어쨌거나 분명한 건, 우리 대부분이 도덕적으로 살려고 노력하는 종이라는 점이다. 그 노력이 허무하게 무너지는 일이 일어나도, 다시 또 줄기차게 노력하는 게 가장 큰 강점이고.

지_ 키에르케고르 말 중에 "인간을 유혹하지 못하는 자는, 인간을 구원하지 못한다"는 얘기도 있고, 문학을 얘기할 때 〈천일야화〉 얘기를 많이 한다. 왕에게 천 일 동안 계속 얘기를 해서 살아남고 여러 사람도 구하게 됐다는 건데, 그런 면에서 문학이 인간을 구원할 수 있다고 생각하나?

정_ 글쎄…… 구원한다기보다 생존방식을 제시한다고 본다. 문학은 허구의 세계다. 허구의 이야기는 사람들에게 자기가 겪어보지 못한 일을 간접적으로 경험하게 함으로써, 실제상황에 대처하는 어떤 모범을 만들어준다. 인간은 눈앞에 벼랑이 있다는 걸 짐작하면서도 방향을 쉽사리 바꾸지 못한다. 대신 나는 안 떨어질 거야, 라고 기대한다. 문학이 하는 일은 이때 방향을 바꾸게 해주는 것이 아니다. 그건 '구원'이 하는 일이겠지. 안 떨어질 거야, 라고 생각하며 계속 갔다가 정말로 떨어져버렸을 때, 무엇을 해야 하는지를 보여준다. 이건 '자유의지'가 하는 일이다. 무엇보다 문학은 인간 정신의 윤활유 역할을 한다. 상상이 없고 허구의 세계가 없다면 삶이 얼마나 팍팍하고 재미없겠나. 그걸 직업적으로 하는 사람이 이야기꾼이다. 모든 소설가가 이야기꾼을 지향하는 것도 아니고, '소설은 이야기가 아니다'라고 단언하는 작가도 있지만, 나는 이야기를 할 수 있다는 것 자체만으로 행복하다. '얼마나 잘하느냐'는 별개의 문제겠지만.

3부

이야기를
이야기하는 법

1

소재

영감이 오길
기다리지 마라

지_　이제 본격적으로 '소설 쓰기'에 대해 이야기해보자. 우선 시작에 대해서. 소설의 씨앗, 혹은 시작. 첫 문장으로 출발하는 작가, 사건으로 출발하는 작가. 어떤 이미지 혹은 영감으로부터 출발하는 작가. 주제에서 출발하는 작가. 어느 쪽인가?

정_　나는 질문에서 시작한다. 내게는 주변에서 일어나는 일, 혹은 세상을 떠들썩하게 만든 사건에 '어떤 질문'을 던지고 답을 찾아가는 습관이 있다. 즉각적으로 답이 나오는 경우는 거의 없다. '그렇다 혹은 아니다' '옳다 혹은 그르다' '도덕적인가, 비도덕적인가'로 답을 낼 수 있는 성격의 질문이 아니기 때문이다. 만약 즉각적으로, 그런 식의 답변이 나온다면 그것은 '소설적 질문'이 아니다. 소설적 질문은 반드시 주관적인 답을 요구한다. 곰곰이 끈덕지게 '사실'의 이면에 도사린 '무엇'을 상상해야 한다. 당연한 얘기지만, 상상은 도덕이나 윤리, 법, 사회적 관행이나 시선 등에서 자유로워야 한다.

　질문에 사로잡히면 온종일(몇날며칠 계속되기도 한다) 답 찾기에만 몰두한다. 생각이 여러 방향으로, 동시에 산개하듯 뻗치기 때문에 다른 일에 신경을 끌 수밖에 없다(나는 멀티플레이어가 못 된다). 스스로 쳐놓은 거미줄에 단단히 붙들려 있는 셈이다. 이 거미줄은 몽상과 동의어다. 몽상에 빠져 있을 때에는 곁에서 누가 불러도 듣지 못하는 경우가 다반사다. 정신 나간 행동을 하기도

《내 인생의 스프링 캠프》,
정유정 장편소설, 비룡소, 2007

소설적 질문들이
되풀이되다 보면,
'어떤 질문'이
턱, 걸린다.
그것이 소설을
시작하게 만든다.

한다. 횡단보도에서 파란 불이 들어오는 걸 보면서도 눈을 껌벅거리며 가만히 서 있다거나, 몇 시간씩 소파에 옹크리고 앉아 발가락만 노려보고 있다거나. 소설적 질문들이 되풀이되다 보면, '어떤 질문'이 턱, 걸린다. 그것이 소설을 시작하게 만든다.

《내 인생의 스프링 캠프》는 같은 아파트에 살던 한 여고생으로부터 출발한 이야기다. 풍문으로 들은 바, 피아니스트를 꿈꾸는 아이였다. 소문을 뒷받침하듯 일요일, 혹은 휴일 해거름이면 어김없이 그 집에서 피아노 소리가 들려오곤 했다. 쇼팽이나 모차르트, 혹은 처음 들어보는 꿈결 같은 음악. 나는 숨까지 죽인 채 피아노 소리에 귀를 기울이곤 했다.

문제는 그 집에서 아름다운 연주만 들려오는 게 아니었다는 것이다. 집 안 살림을 때려 부수는 소리, 남자의 고함소리, 여자의 비명소리, 소녀의 울음소리, 강아지가 신경질적으로 짖어대는 소리, 쿵쿵대는 발소리 같은 살벌한 불협화음에 머리털이 곤두서기 일쑤였다. 그것도 거의 매번 야밤에. 경찰에 신고도 해봤으나 별다른 변화가 없었다. 가정폭력을 그저 가족이 해결할 사적 문제 정도로 여기던 시절이었으니, 어쩌면 당연한 일이었는지도 모르겠다.

그러던 어느 밤이었다. 나는 쓰레기를 버리러 나가다가 비상계단에 고개를 늘어뜨리고 앉아 있는 소녀를 만났다. 불쏘시개 같은 머리칼, 찢어져 어깨가 다 드러난 티셔츠, 피 묻은 맨발…… 여전히 그 집에선 남자의 고함소리와 여자의 비명소리가 들려오고 있었다. 나는 멈칫해서 그 자리에 섰다. 소리라도 지르고 싶은 심정이었다. 넌 왜 거기에 있니. 도망쳐.

내 목소리를 들은 것처럼, 소녀가 고개를 들었다. 우리의 시선은 계단 어느 한 중간에서 만났다. 분노로 짙어진 새카만 눈이 내게 묻는 것 같았다. 도망쳐? 어디로? 그러면 뭐가 달라지는데? 머릿속에서 무언가 쾅 하고 부딪히는 소리가 들렸다. 그렇구나. 네가 어디로 갈 수 있을까. 도망치면 네 인생이 어떻게, 무엇이 달라질까.

《내 인생의 스프링 캠프》는 주인공이 아니라, 아버지의 잔혹한 손아귀에서 필사적으로 도망치는 소녀, '정아'가 먼저 태어난 소설이다. 그날 밤, 나는 노트를 펴고, 이렇게 썼다.

'만약 우리 인생에 스프링 캠프가 있다면?'

질문을 던져놓고, 함께 도망칠 멤버들을 소집했다. 그들이 1인칭 화자이자 주인공인 준호, 승주와 박양수 할아버지, 본명은 '오토 에트와트 레오폴드 폰 베토벤 10세'이나 평소엔 '루스벨트'로 불리는 덩치 큰 맹견 도베르만이다. 이들이 벌이는 짧은 도피여행은 고달팠으나 결국 그들 인생의 스프링 캠프가 되었다. 세상에 맞설 수 있는 내면의 힘, 자기 생의 전사인 '자유의지'를 각각 가슴에 품게 되는 여정이었으므로.

《내 심장을 쏴라》는 답을 찾기까지 20여 년이 걸린 소설이다. 최초로 질문을 던진 때가 정신과 실습을 나갔던 대학 3학년 봄이었으니. 내 담당 환자는 조현병(편집성 분열증)과 우울증으로 수년째 입원 중이었다. 나는 4주간의 실습 기간 동안 그와 친해지지 못했다. 고백하자면, 친해지기는커녕 목소리 한 번 들어보지 못했다. 도무지 말이 없는 남자였다. 이름을 불러도, 인사를 건네도, 애써 웃어 보여도, 시선을 맞대봐도…… 온종일 창가에 선

소설의 씨앗, 혹은 시작.
첫 문장으로 출발하는 작가,
사건으로 출발하는 작가.
어떤 이미지 혹은
영감으로로부터
출발하는 작가.
주제에서 출발하는 작가.
어느 쪽인가?

채 밖을 내다보는 게 그의 일과였다. 나의 일과도 결국 그의 곁에 가만히 서 있는 것이 전부가 되었다. 사전자료에서 얻은 바로는 부유한 집안에서 자라 대학을 졸업하고, 군대에 다녀오고, 직장생활을 하던 남자였다. 나는 궁금했다. 모자람 없이 평탄하게 살아온 이 남자의 삶에 왜 이런 일이 일어났을까. 그의 아버지는 한 번도 면회를 오지 않았다고 했다. 어머니는 내 실습 기간에 딱 한 번 왔으나 아들 얼굴만 멍하니 바라보다 돌아갔다. 실습 마지막 날, 나는 용기를 내어 물었다.

"종일 창가에 서서 무슨 생각을 하세요?"

그는 끝내 대답이 없었다. 나는 끝내 그의 마음을 열지 못하고 실습을 마쳐야 했다. 당연한 얘기지만, 제출해야 할 리포트도 쓸 수가 없었다. 쓸 말이 없었다. 그의 내면을 미루어 짐작해볼 길도 없었다. 그러기엔 내가 너무 어렸다. 실습 기간도 너무 짧았다. 그저 하나의 질문만 오래오래 머리에 남았다.

'운명이 내 삶을 침몰시킬 때, 나는 무엇을 할 수 있을까.'

《7년의 밤》의 모티프가 된 사건은 내가 사는 아파트 게시판에 붙은 전단지 한 장에서 시작됐다. 열한 살짜리 사내아이를 찾는 전단지였다. 아이는 전날 오후 태권도장에 간다고 나간 후 돌아오지 않았다고 했다. 나는 게시판 앞에 오래도록 서 있었다. 어쩌면 이 아이는 죽었을지도 모르겠다는 불길한 직관에 사로잡혀서. 이튿날 오후, 나는 인터넷뉴스를 통해 아이의 소식을 듣게 됐다. 내용을 요약하면 이렇다.

"한 사십대 남자가 술에 취해 운전하다 아이를 치었고, 음주운전이 들통 날 것이 두려워 멀쩡하게 살아 있는 아이를 한적한 교외로 끌고 가 공기총으로 살해한 후 댐 비탈에 유기했다."

남자는 봉고에 연장과 자재를 싣고 다니며 실내개조공사를 해주는 영세 인테리어업자였다. 우연찮게도, 남자의 집은 우리 집 아래쪽에 있는 아파트단지였고. 한동안 이 사건으로 세상이 시끄러웠다. 나는 인터넷에 매달려 아이와 관련된 기사들을 모조리 읽어치웠다. 읽으면 읽을수록 이해가 되지 않았다. 사건 전말을 알게 되면 될수록 의문은 커지기만 했다. 왜 그랬을까? 남자는 왜 살아있는 아이를 죽였을까. 음주운전으로 면허가 취소되면 일을 할 수 없었을 테지만, 그것이 정말 살인의 동기가 될 수 있을까? 결과를 예측하지 못할 만큼 그는 어리석었을까? 자신의 행동이 아이의 가족과 자신의 가족, 아이의 부모와 자기 인생을 지옥으로 몰아넣으리라는 걸 진정 몰랐던 것일까?

현장검증이 있던 날엔 온 동네가 난리법석이었다. 사람들은 분노를 터트렸고, 남자는 '비교적' 태연하고 무덤덤하게 현장검증에 임했다. 그날 살인범 아들의 인터뷰 동영상을 보게 됐다. 얼굴은 모자이크 처리됐지만, 목소리나 태도, 체구 등으로 미루어 스무 살이 될까 말까 해 보이는 앳된 청년이었다. 아빠가 그런 일을 저질렀다는 게 믿어지지 않는다고 했다. 좋은 아빠였으며 아빠를 사랑한다고 했다. 인터뷰 영상 밑에는 분노한 댓글들이 수백 개나 달렸다. 가족까지 죄다 사형시키라는 극단적인 언사도 심심찮게 등장했다. 그날 저녁, 나는 남자가 산다는 아파트로 가봤다. 아파트 상가와 놀이터, 경비실을 돌며 이런저런 말을 묻고 답을 들었다. 그들은 남자를 책임감 있는 가장, 교통사고로 머리를 다친 아내를 돌봐온 남편, 다정한 아빠로 알고 있었다. 혼란스러웠다. 선량하고 평범한 중년 남자와 어린애를 차로 치고 총으로 쏘아 살해하고 댐에 유기한 살인범. 이 무지막지한 간극을 메울 길이 없어 가슴이 터질 것 같았다. 그날 밤, 새 작업 노트를 마련하고 아래와 같이 썼다.

'사실과 진실 사이에 무엇이 있을까.'

《28》의 경우는 구제역으로 수백만 마리의 돼지와 소가 생매장당한 사건을 모티프로 삼았다. 현장을 촬영한 동영상을 보면서 엄청난 충격을 받았다. 우리는 천벌을 받을 거라는 두려움과 죄책감에 사로잡히기도 했다. 그 두려움과 죄책감에서 비롯된 것이 생명의 평등성에 대한 물음이었고, 철학자 마크 롤랜즈는 《동물의 역습》에서 여기에 대한 명확한 답을 주었다.

'도덕과 무관한 특성에 따라 차별하지 않는다.'

달리 얘기하면, 종의 다름이 인간과 동물의 취급 차이를 정당화할 수단이 되지 않는다는 것이다. 나는 나옹이와 꼬실이라는 이름을 가진 고양이 둘을 기른다. 나옹이는 노랑털을 가진 수컷으로 아홉 살, 꼬실이는 고등어색 암컷으로 일곱 살. 둘 다 눈도 채 뜨지 않은 갓난쟁이일 때 어미를 잃은 '길냥이'이고 내 손으로 젖병을 물려서 키웠다. 당연히 내 아들만큼이나 사랑한다고 생각해왔다. 그러나 구제역 사건을 보면서 나 자신에 대해 심각한 의심을 품었다.

'만약 소나 돼지가 아닌 반려동물과 인간 사이에 구제역보다 더 치명적인 인수공통전염병이 돈다면 무슨 일이 일어날까?'

과연 내가 나옹이와 꼬실이를 끝까지 지킬 수 있을까. 이 질문에 대한 답이 곧 소설이 됐다.

《종의 기원》은 《내 심장을 쏴라》만큼이나 오래된 이야기면서, 사적 사건이 아닌 사회적 사건에서 비롯됐다. 94년 봄, 한국을 충격과 혼란에 빠뜨린 한 청년이 있었다. 부유한 가정에서 태어나 미국 유학을 떠났다가 거액의 도박 빚을 지고 돌아온 그는 '너는 아무 일도 할 수 없는 놈'이라는 부모의 질책에 격분해 아버지를 50여 차례, 어머니를 40여 차례 칼로 찔러 살해했다. 뿐만 아니라 어린 조카가 잠들어 있는 집에 불을 질러 증거를 인멸해버렸다. 범행 후엔 아버지의 금고를 은밀한 곳에 감추고, 부모의 장례식에서는 멀쩡한 얼굴로 여자 친구와 시시덕거리고, 체포된 다음에는 자기합리화와 변명, 거짓말로 일관해 세상의 공분을 샀다. 한국 사회에선 좀처럼 볼 수 없었던 '특별한 악인'이었다.

나는 그의 정체가 궁금했다. 어떤 인간이기에 이런 일을 저질렀을까. 저 평범해 보이는 겉모습 안에 '무엇'이 살고 있을까. 미치광이? 악마? 야수? 그것을 튀어나오게 만든 방아쇠는 무엇일까. 외부적 상황? 타고난 성격? 성장과정에서 가해진 손상? 경쟁사회가 빚어낸 비극? 아니면, 인간이라는 종이 가진 근원적인 문제?

작가가 되기 전부터 이 질문들에 대한 답을 찾으며 많은 시간을 보냈다. 정신분석학에서 출발한 인간에 대한 공부는 생물학, 심리학, 뇌 과학, 사회학, 진화론과 진화심리학을 거쳐 범죄심리학으로 확대되었다. 이 과정에서 이해할 수 없었던 그때의 특별한 악인을 종종 떠올리곤 했다. 관심은 자연스레 인간의 본성, 그 중에서도 '심연'이라 불리는 우리 내면의 '어두운 숲'으로 뻗어갔다. 우리 삶에 문제를 일으키는 온갖 것들이 잠들어 있는 곳. 질투, 욕망, 증오, 분노, 좌절, 열등감, 폭력, 피해의식 같은 우리 안의 야수들. 야수는 저절로 깨어나지 않는다. 그들을 눈뜨게 하려면 '점화'라는 조건이 필요하다. 숲 한복판에 불이 붙어야 하는 것이다.

작가가 된 후, '어두운 숲'은 자연스레 나의 테마가 되었다. '특별한 악인'은 여러 캐릭터로 변주되어 내 소설에 등장했다. 한결같이 '점화의 순간'과 맞닥뜨린 주요 인물로. 그런데도 나는 점점 갈증을 느꼈다. 그들이 늘 '그'였기 때문이다. 외부자의 눈으로 그려 보이는 데 한계가 있었던 탓이다. 결국 '나'여야 했다. 객체가 아닌 주체여야만 했다. 우리의 어두운 숲을 안으로부터 뒤집어 보여줄 수 있으려면. 우리 안의 야수가 어떤 일을 계기로 눈을 뜨고, 어떤 방식으로 진화해가는지 그려 보이려면.

《종의 기원》은 그 목마름, 독자로 하여금 악인의 이야기가 아닌 악인 그 자체를 만지고, 냄새 맡고, 보고, 느끼게 하고 싶다는 욕망으로부터 출발한 소설이다. 전성기를 맞이한 '악인의 활약기'가 아니라, 평범한 청년이 악인으로 진화하는 과정을 보여주는 '악인의 탄생기'를 쓰고 싶었다. 자신의 어두운 숲으로 들어가는 문이 타의에 의해 폐쇄되었지만, 봉인을 깨고 뛰어 들어가 불붙은 장작개비를 숲으로 내던진 한 남자의 이야기.

이야기의 형식은 그가 세상을 향해 펼쳐 보이는 '자기변론서'가 되어야 했다. 그러려면 연쇄살인범 사이코패스, '유진'을 1인칭 화자인 '나'로서 전면에 등장시켜야 했다. 작가가 아니라 스스로 유진이 되어 독자를 유혹하고, 혼란스럽게 하고, 연민하게 하고, 심지어 동조하게 만들어야 했다. 독자에게 소설이 아닌 악인을 품고 하룻밤을 지새우는 경험을 안겨주고 싶었다. 나는 새 작업노트를 한 권 마련하고, 첫 머리에 어느 작가의 말을 빌려 이렇게 썼다.

'마침내 내 인생 최고의 적을 만났는데, 그가 바로 나라면?'

지_ 그 많은 질문을 모두 소설로 쓰지는 않는 것 같다. 여태껏 나온 소설이(등단 전후 출간작을 모두 합해) 여덟 권에 불과한 걸 보면. 그렇다면 소설을 쓰게 만드는 '질문'에 대한 기준이 있을 것 같다. 그것이 무엇인가.

정_ 욕망과 가치다. 욕망의 주체는 나다. 질문에 대한 답변이 가슴을 뛰게 하는가. 주인공을 생각하면 피가 끓는가. "그렇다"라는 답이 나와야 한다. 처음 수영을 배우던 시절 나는 물과 사랑에 빠졌다. 어떻게 하면 물속에서 자유롭게 숨을 쉬고, 완벽하게 몸을 통제할 수 있을까. 스스로 묻고, 시도하며 하루를 보냈다. 눈만 뜨면 수영을 생각했다. 자려고 침대에 누우면 컴컴한 천장에 수영장이 나타나곤 했다. 자유롭고 멋지게 유영하는 내 모습을 그려보느라 잠을 설쳤다. 가까스로 잠이 들면, 도도한 바다를 상어처럼 헤치고 나아가는 꿈을 꾸었다. 말 그대로 열병이었다. 소설도 마찬가지다. 한 편을 쓰는 데 2~3년이 걸리는 장편은 더욱 그렇다. 광기에 가까운 욕망이 느껴지지 않는다면, 그 시간을 버텨낼 수 없다. 무엇보다 글을 쓰는 동안, 시시때때로 찾아드는 두려움과 막막함, 글이 막히는 고통과 자기환멸을 견디기 힘들다.

가치의 주체는 타자, 즉 독자다. 이것은 과연 세상에 들려줄 가치가 있는 이야기인가? 이 이야기가 세상에 나가야 할 이유가 무엇인가. 이 이야기를 통해 하고 싶은 말이 무엇인가. 이러한 질문들에 대한 명확한 답이 나와야 한다. 그리고 해답이 나를 납득시킬 수 있어야 한다. 그래야 내가 독자를 설득시킬 수 있으니까.

지_ 만약 두 가지가 상충되거나 충돌하는 경우에는 어떻게 하나.

정_ 그런 일이 없으면 좋겠지만…… 욕망을 선택하겠다. 일단은 써야 하지 않겠나? 출간은 다음 일이다. 쓰고 출간하지 못하는 것과 아예 쓰지 못하는 것은 천지차이이다. 쓰지 못한다면 쓰는 행위 자체가 차단되는 거고 그 여파는 다음 작업까지 이어진다. 소위 슬럼프에 빠지게 되는 거다. 작가로서 가장 두려운 일이다.

지_ 영감은 고려 대상이 아닌가?

정_ 나는 영감님의 은혜를 받아본 적이 없다. 그러므로 기다리지도 않는다. 설령 그분이 오신다 하더라도 특별히 내게 강림하시리라는 기대는 하지 않는다. 세상에 쌔고 쌘 것이 소설가고, 쓸 만한 자원은 한정돼 있을 테니까. 내 경험상, 가장 영감과 가까운 것은 자기 안에서 발화되는 '무엇'일 것이다.

《7년의 밤》후반부에서 서원은 세령호에 갇힌 채 세령이와 '무궁화 꽃이 피었습니다' 놀이를 한다. 그 부분은 꿈을 통해 얻은 장면이다. 나는 눈뜨자마자 서재로 총알같이 달려갔는데, 가는 사이 꿈 내용을 중얼중얼 소리 내서 외웠다. 몇 걸음도 안 되는 알량한 공간을 건너가는 새에 행여 잊어버릴까봐. 이걸 영감이라고 할 수 있을까?

"무궁화 꽃이 피었습니다."
그 아이의 손이 다시 내 목덜미를 만졌다. 이번에도 네가 술래야. 새로운 혼란이 추가됐다. 내가 아는 '무궁화 꽃이 피었습니다'와 규칙이 달랐다. 술래인 나는 묶여 있는데, 그 아이는 보이지 않게 움직이며 '무궁화 꽃이 피었습니다'를 열두 번 외치고, 초침이 12시에 설 때마다 내 목덜미를 만지는 걸로 이번에도 네가 졌다고 선언하고 있었다. 술래가 아무것도 할 수 없는 놀이라니. 이토록 일방적인 규칙에 대해선 들어본 바가 없었다. 벌칙이 뭔지도 여태 모르고 있었다. 목덜미를 만지는 손 말고, 진짜가 무엇인지.

"무궁화 꽃이 피었습니다." (……)

비로소 게임의 룰을 알아차렸다. 그 아이에게 절대적으로 유리한 게임이었다. 어둠 속과 물속을 자유자재로 오가며 몸을 숨길 수 있고, 빛에 걸렸을 땐 가만히 서 있으면 되고, 내 눈에 걸려도 벌을 받지 않았다. 나는 초침이 일주를 끝내기 전에 오감을 동원해 그 아이의 움직임을 감지하고 찾아내야 했다. 찾아내면 초침이 우리를 비출 때까지 그 아이의 눈을 붙잡고 있어야 했다. 소녀가 내 목덜미를 만진 건 네가 술래야, 라는 뜻이 아니었다. 네가 졌어, 벌을 받아야지, 라는 뜻이었다. 나는 영원한 술래였다. 잡지 못하면 벌을 받고, 잡으면 벌을 면하는 불공평한 술래.

한 번씩 질 때마다, 한솔등은 한 뼘씩 가라앉았다. 그 자리로 물이 차오르고, 숲 속 공터가 호수로 바뀌고, 공터 크기가 줄어들고, 편백나무들은 점점 커지고, 그 아이의 목소리는 빨라지고, 초침이 덩달아 줄달음쳤다.

꿈을 꾸기 전, 나는 아침부터 밤까지 오직 한 가지만 생각했다. '세령호에 갇힌 서원은 어떻게 그 어마어마한 공포를 이겨낼까.' 마음속으로 노래를 부를까? 머릿속 기도를 할까? 고양이 어니의 체온에서 위로를 받을까? 아버지가 들려주던 휘파람을 상상할까. 혹시 세령의 영혼이 다시 찾아온다면 어떻게 될까? 이런 식으로 수많은 생각들이 무의식 속에 쌓였을 것이다. 그것이 의식의 통제—즉 개연성의 압력—를 받지 않는 꿈속에서 자유롭게 펼쳐진 거라 본다.

《7년의 밤》, 정유정 장편소설, 은행나무, 2007

첨언하자면, 그 장면은 서원의 상상 속으로 세령이 찾아와 도와주는 장면이다. 분위기는 음산하지만, 서원

《7년의 밤》 후반부에서 서원은 세령호에 갇힌 채 세령이와 '무궁화 꽃이 피었습니다' 놀이를 한다. 그 부분은 꿈을 통해 얻은 장면이다.

은 세령과 '무궁화 꽃이 피었습니다'를 하면서 자신이 죽음의 한복판에 갇혀 있다는 물리적 공포를 견뎌낸다. 이이제이라고나 할까 이열치열이라고나 할까. 그런데 내가 세령의 모습을 너무 무섭게 묘사한 모양이다. 대부분 독자들이 이 장면을 무시무시한 놀이로 기억하시더라.

지_ 스티븐 킹은 "아마추어들이 영감을 기다리는 동안, 우리 프로들은 일하러 간다"라고 했다. 영감을 기다리는 것도 감 떨어지는 것을 기다리는 것하고 비슷할 수도 있을 것 같은데, 그 전에 누가 감을 따갈 수도 있고.(웃음)

정_ 내 생각도 그렇다. 누가 따기 전에 내가 따야 한다.

2

개요

소설을 시작하는
여섯 가지 질문

지_ 이제 무엇을 쓸지 결정됐다. 그러면 바로 초고에 들어가나?

정_ 작가마다 다르겠지만 내 경우는 아니다. 초고는 아직 먼 곳에 있는 '님'이다. 노트북 앞으로 돌진하기 전에 할 일이 꽤 있다. 먼저 '개요'를 써야 한다. 일종의 핵심 줄거리라고 보면 되는데 이것을 쓰기 위해 여섯 가지 질문을 던지고 답을 찾아놓는다. 이 질문들은 로버트 맥키가 《Story》에서 제시한 것이자 내 작업 방식으로 체화시킨 것이기도 하다.

**등장인물은
어떤 사람들인가**

개인사에 대한 질문이다. 개인사는 본격적으로 캐릭터를 만들 때 쓰는 인물의 '전사(前事)'와 다르다. 그인가, 그녀인가, 아이인가. 몇 살인가? 신체적 특징은? 성격이 급한가? 행동형 인간인가? 감정기복이 심한가? 말수가 많은가? 정치 성향이 보수적인가? 직업은 무엇인가? 같은 질문들에 대한 답으로 인물의 '카탈로그'라고도 부른다.

**그들은
무엇을 원하는가**

욕망에 대한 질문이다. 욕망에는 두 개의 차원이 있는데, 겉으로 드러난 욕망과 내재된 욕망이다. 겉으로 드러난 욕망은 나도 알고 너도 알고 알 만한 사람은 다 아는 것이다.

내재된 욕망은 숨겨진 욕망이다. 가슴 밑바닥에서 꿈틀대면서 어떤 계기가 오면 불꽃으로 점화할 가능성이 있는 욕망. 주요 등장인물, 적어도 주인공에겐 병립할 수 없는 두 차원의 욕망이 존재해야 한다. 주인공이 외적으로도, 내적으로도 오로지 지구를 구하겠다는 욕망 하나뿐이라면, 즉 욕망이 충돌하면서 빚어내는 갈등이 없다면, 플롯 표면에서 일어나는 사건들이 감탄사가 절로 나올 만큼 기발하거나 한눈을 팔지 못할 만큼 다이내믹해야 할 것이다. 그러지 못하면 이야기가 단조롭고 지루해질 가능성이 크다.

두 차원의 욕망을 가진 주인공이라면, 내재된 욕망이 더 중요해진다. 그것이 무엇인지 알아내야 한다. 주인공을 행동하게 만드는 것은 결국 내재된 욕망일 테니까.

《내 심장을 쏴라》를 예로 들어보자. 주인공이자, 화자인 수명은 조현병(편집성 분열증) 환자다. 그는 세상 모든 것으로부터 도망친다. 가위로부터, 아버지로부터, 그리고 자기 자신으로부터. 겉으로 드러난 욕망은 안전한 병원에서 무사하고 무탈하게 살아가는 것이다. 반대로 그의 내면에는 자유에의 갈구가 숨겨져 있다. 자기 인생을 자신이 원하는 대로 살고 싶어 한다. 그의 진정한 욕망은 자유의지를 되찾는 것이다. 처음에는 이를 알아차리지 못하지만 룸메이트이자 또 다른 주인공인 승민을 통해 차차 깨달아간다. 깨달은 후엔, 욕망하는 것을 얻기 위해 마침내 행동에 나선다.

인물의 행동과 활동은 다르다. 활동이란 가치의 변화가 없는 움직임이다. 먹거나, 마시거나, 친구를 만나거나, 자전거를 타거나, 동네를 한 바퀴 돌거나…… 자전거를 몰고 가다 우연히 친구와 마주치는 일은 행동으로 성립되지 않는다. 행동은—그것이 작든 크든—인물이 목적과 의지를 가지고 선택하는 움직임이다. 그러니까 친구를 만나기 위해 남의 자전거를 몰래 훔쳐 타고 가는 것이 '행동'이다.

이야기에선 주인공의 활동보다 행동이 중요하다. 주인공의 행동이 이야기를 나아가게 하기 때문이다.

**그들은 왜
그것을 원하는가**

욕망의 동기에 대한 질문이다. 두 차원의 동기가 모두 필요하다. 《내 심장을 쏴라》에서 수명은 세상으로 나가는 것이 두렵기 때문에 자기 안에 꼭꼭 숨는다. 겉으로 드러난 욕망의 동기다. 그러나 거듭 탈출을 시도하는 승민을 지켜보면서 조금씩 심경의 변화를 일으킨다. 관심을 갖고 궁금해한다. 저놈은 왜 안나푸르나로 가기를 원할까. 그것도 눈이 멀어가는 상태에서 글라이더를 타고 비행하려 드는 걸까. 죽으러 가는 것이나 진배없는데…… 급기야 수명은 승민의 탈출 소동에 휘말리면서 꼭꼭 닫아두었던 자기 안의 지옥을 들여다보게 된다. 승민이 죽으러 가는 게 아니라 살기 위해 간다는 것을 알아차린다. 자기 자신으로 사는 것이 곧 삶이라는 것을 깨닫는다. 이 깨달음이 내면적 욕망의 동기다.

**그들은 어떻게
그것을 성취하는가**

인물의 행동과 선택에 대한 질문이다. 수명은 승민의 비행이 곧 죽음을 의미한다는 걸 알면서도 적극적으로 돕는다. 나아가 승민과의 동행을 결심한다. 앞이 잘 보이지 않는 승민을 위해 구조신호용 조명탄을 쏘아 올려 비행을 인도한다. 승민이 날아간 후, 홀로 남게 된 수명은 자기 삶을 되찾기 위해 정신보건심판위원회에 선다.

**그들을 가로막는 것은
무엇인가**

대립, 갈등, 장애물에 대한 질문이다. 수명의 표면적인 대립세력은 그를 가두고 있는 병원의 폐쇄적이고 억압적인 체제일 것이다. 그러나 궁극적으로 싸워야 할 상대는 자기 안의 '지옥'이다. 지옥에서 울리는 목소리는 그를 두렵게 하고 행동을 통제하며 결정적인 순간에 자기 안으로 숨어들게 만든다. 선택의 순간에 늘 물러서게 만든다.

**그 결과 어떤 일이
벌어지는가**

사건과 변화에 대한 질문이다. 욕망이 두 개의 차원인 만큼, 사건도 두 차원으로 벌어진다. 하나는 병원을 탈출하기 위해 겪어야 하는 사회체제와의 싸움, 다른 하나는 수명의 내면에서 벌어지는 변화. 따라서《내 심장을 쏴라》는 수명과 승민의 정신병원 탈출기이자 자기 자신을 상대로 싸우고 이겨낸 수명의 성장소설이라는 성격을 띤다.

이 여섯 가지 질문에 대한 답이 나오면 개요를 쓴다. '누가, 언제, 어디에서, 무엇을, 왜, 어떻게'의 순으로 간략하게 쓰고, 맨 끝에 한 문장으로 이야기를 요약한다.

가령《내 심장을 쏴라》의 요약문은 이렇다.

"정신병원에서 만난 두 청년이 탈출을 하기 위해 별짓 다하는 이야기."

내 소설 중 가장 플롯이 복잡한 《28》 역시 한 문장으로 요약 가능하다.

> "인수공통전염병으로 폐쇄된 도시에서 사람과 개가 생존을 위해 벌이는 28일 간의 사투."

단순한 문장이지만 소설을 쓰는 과정에서 여러모로 쓸모가 있다. 우선 이야기의 핵심을 잊어버리지 않게 해준다. 본의 아닌 삼천포행, '별짓'에서 벗어난 '뻘짓'이나 '신의 손'에 문제해결을 의탁하는 재앙을 막아주기도 한다. 덤으로 전문가의 도움을 받고자 할 때에도 유용하다. 《7년의 밤》을 쓸 때 만난 잠수교관은 내게 물었다.

> "당신이 쓸 소설은 어떤 이야기입니까? 잠수부는 왜 필요한가요?"

나는 이렇게 대답했다.

> "살인을 저지른 한 남자가 피해자의 복수로부터 아들을 보호하기 위해 별짓을 다하는 이야기입니다. 그리고 그의 '별짓'을 도와주는 착한 사마리아인이 잠수부입니다."

3

자료조사

아는 게 없으면
아무것도 쓸 수 없다

지_ 전문가 얘기가 나왔으니 자료조사에 대한 얘기를 해보자.

정_ 초고를 쓰기 전에 두 번째로 해야 할 일이 자료조사다. 개요를 제대로 썼다면, 이제부터 '무엇을 조사해야 하는가'를 대략 알게 된다. 물론 소설을 써가는 동안에도 필요한 지식이 새로 생겨나고 그때그때 적절하게 보충취재를 해야 한다. 하지만 그것은 나중 일이다. 먼저 이야기의 기본이 되는 지식, 이야기 속 세계를 만들 수 있는 자료조사가 필요하다. 쓰고자 하는 세계에 대해 아는 게 없으면 아무것도 쓸 수 없다. 상상력으로도 가능하지 않느냐고? 물론 그런 능력을 가진 작가도 있겠다. 하지만 내겐 그런 능력이 없다. 상상력도 지식의 기반에서 나온다.

기본지식

《7년의 밤》 개요를 쓰고 난 후, 나는 암담한 기분에 빠졌다. 모르는 것이 너무 많았다. 잠수, 물(바다와 인공호수)의 속성, 물속 세계, 범죄수사 과정, 댐 구조, 댐 관리단이 하는 일 등…… 두렵고 막막한 나머지 머리에서 김이 날 지경이었다. 야구는 평소 좋아하던 운동이라 좀 아는 바가 있었지만, 좀 아는 정도로는 턱없이 부족하다는 걸 깨달았다. 모든 것을 새로 공부해야 한다는 것도.

나는 인터넷을 신뢰하지 않는다. 그러므로 인터넷지식도 믿지 않는다. 공부를 시작하려면 관련된 책부터 장만한다. 먼저 구입할 책 리스트를 만든다. 잠수의 경우, 잠수이론서와 잠수의학서, 스쿠버다이버가 쓴 에세이가 필요했다. 나머지 분야의 책도 같은 방식으로 사들이다 보면 책상 위에 수십 권이 쌓인다. 쌓여 있는 책을 보면 다시 절망이 밀려든다. 이걸 대체 언제 다 보나. 본다해서 이해한다는 보장이 있겠나. 사람에 따라 다르겠지만, 분명한 것이 하나 있다. 제아무리 마음이 바빠도 지름길이 없다는 것이다. 첫걸음을 떼야 다음 걸음이 가능하다.

전문가를 곧장 찾아가면 쉽지 않느냐고 생각할지도 모르겠다. 물론 전문가에게서 얻는 현장지식이 가장 중요하다. 하지만 미리 공부를 하지 않으면 전문가의 조언을 이해하고 습득하기 어렵다. 심지어 뭘 물어야 할지도 몰라 허둥대기 일쑤다. 기초학습은 공부를 위한 공부인 셈이다. 또한 전문가의 도움만으로는 부족한 부분들을 채워주는 역할도 한다. 작가는 자기가 만드는 세계에 대해 신처럼 알아야 한다. 그래야 그 세계의 구석구석까지 완벽하게 장악할 수 있다. 내가 만든 세계에선 파리 한 마리도 멋대로 날아다녀서는 안 되기 때문이다.

책을 장만한 다음엔 노트(나는 고리를 끼워 쓰는 카드노트를 좋아한다)를 마련한다. 나는 인터넷지식만큼이나 컴퓨터 자판을 믿지 않는다. 당연한 얘기지만 내 머리도 믿지 않는다. 튼튼한 내 손가락만을 믿는다. 책을 읽어가면서 내용을 요약해 필기하는데, 나중을 생각해서 중요한 부분에 밑줄도 긋고, 그림도 그린다. 예를 들면, 《7년의 밤》중 서원이 심해에서 맞닥뜨린 '물의 엘리베이터'를 이해하기 위해 암류와 조류에 대한 그림을 몇 번씩 반복해서 그렸다. 그래도 이해가 되지 않는 부분은 소리를 내서 나 자신에게 강의를 하듯 설명해보기도 했다. 셀프 강연은 골 아픈 과학원리를 이해해야 할 때 특히 유효하다. 책 한 권이 끝나면 마지막으로 책 제목을 표기한 견출지를 붙여둔다. 뿌듯하고 의기양양한 순간이다. 한 권 끝났네, 다음!

작가는 자기가 만드는
세계에 대해
신처럼 알아야 한다.
그래야 그 세계의
구석구석까지 완벽하게
장악할 수 있다.
내가 만든 세계에선
파리 한 마리도
멋대로 날아다녀서는
안 되기 때문이다.

눈으로 본 기억보다 근육에 새긴 기억을 믿는 편이다. 이는 과학적으로 증명된 사실이기도 하다. 우리 뇌에서 단기기억을 관리하는 곳은 해마이고, 장기기억을 관리하는 곳은 대뇌피질이라고 한다. 눈으로 읽고 머릿속으로 이해하는 방식은 암기천재가 아닌 이상, 대부분 해마에 보관되는 셈이다. 반면, 책을 읽고 필기를 하는 방식은 대뇌피질에 각인된다. 평생은 아닐지라도, 소설을 쓰는 동안만큼은 기억이 생생하다. 필요하면 즉각적으로 노트를 열어볼 수도 있다. 속도가 더디고 미련한 육체노동이긴 해도 수고로움을 상쇄할 만한 이득 아닌가.

전문지식

전문가 섭외 및 취재는 대개 개요를 쓴 후에 시작한다. '섭외'의 비법 같은 건 없다. 주로 인맥에 의존한다. 필요한 전문가를 찾을 때까지 가족이나 지인의 지인, 그 지인의 가족이나 지인의 사돈네 팔촌까지 샅샅이 더듬는다. 이보다 더 좋은 방법을 안다면 누구든 내게 가르쳐줬으면 좋겠다.

《7년의 밤》의 경우 세 분야의 전문가가 필요했다. 잠수 전문가, 범죄수사 전문가, 댐 전문가. 잠수 전문가는 119구조대원이었던 남편의 동료였다. SSU(해군해난구조대) 장교로 만기 전역했고 현재는 119 잠수 교관인, 말 그대로 잠수 분야의 전문가 중 전문가였다. 그는 잠수 장비에서 인명구조까지, 잠수에 대한 모든 궁금증을 풀어주었다. 댐 전문가를 소개시켜준 사람은 토목기사인 남동생이다. 댐 전문가는 현직 댐 관리단 직원을 소개해주었고, 관리단 직원은 댐 구조물과 관리단 내부시설을 볼 수 있도록 해주었다. 범죄수사 전문가는 후배의 인맥이 동원됐다. 현직 수사관이었던 그분과 서너 차례에 걸쳐 만났고 수사과정에 대한 중요한 조언들을 들었다.

세 전문가는 후에 최종원고의 감수까지 맡아주었다. 그분들의 'OK 사인'을 받고는 앉은 자리에서 양손을 번쩍 들고 일어난 기억이 있다. 전문가님 만세!

조언1 사전준비를 해 가야 한다. 무작정 찾아가 "당신이 아는 걸 내게 알려주세요" 하는 식의 태도는 상대에 대한 예의가 아니다. 인터뷰의 목적을 달성하기도 어렵다. 알고자 하는 부분에 대해 미리, 꼼꼼하게, 질문 목록을 작성하는 게 서로에게 좋다. 그래야만 정해진 시간 안에 필요한 지식을 최대한 얻어낼 수 있으니까. 나는 질문 목록을 인쇄물로 만들어서 가져간다. 답변은 노트나 수첩에 한마디도 놓치지 않고 받아 적는다. 녹음기나 스마트폰의 녹음기능은 쓰지 않는 게 좋다. 대부분의 사람들은 자기 말이 '녹음된다'는 상황에 부담과 거부감을 느낀다. 시험해봐도 좋다. "녹음 좀 할게요" 하는 순간부터 상대는 입을 다물어버릴 것이다. 설령 뭔가를 말해준다 해도, (후환이 없을) 모범 답안만 내놓을 거라는 데 내 지갑을 걸겠다.

조언2 간단한 스케치 도구를 가져가야 한다. 현장촬영이 허용되는 경우도 있지만 금지되는 경우도 있으니까. 댐 관리단에 갔을 때가 그런 경우였다. 댐 구조물이든, 관리시설이든, 모든 것이 국가기밀시설로 규정돼 촬영 금지 대상이었다. 나는 가져간 스케치북에 댐의 세부도를 그려두었고, 이는 두고두고 요긴하게 써먹었다. 세상이 빠르게 바뀌고는 있지만, 스마트폰으로 해결할 수 없는, 혹은 해서는 안 되는 일들이 꽤 많다.

조언3 전문가는 작가에게 호의를 베풀 의무가 없다. 대부분 순수한 마음에서 자신의 시간과 지식과 에너지를 기꺼이 내준다. 이 점을 진심으로 감사하게 여겨야 한다. 무엇보다 그 마음을 인간 친화적 물질로 증명하는 것이 좋다. 구찌를 사느라 살림을 거덜 낼 필요는 없지만, '오로지 제 마음을 드릴게요'는 아무래도 염치없는 느낌이니까. 나는 케이크나 쿠키 같은 간식거리를 선호한다. 함께 나눠 먹기도 하고, 차를 대접받기도 하면서 화기애애한 분위기가 자연스럽게 만들어진다.

보충취재

보충취재는 대개 초고를 쓴 다음에 이뤄진다. 필요한 취재 리스트를 만들고 차근차근 과제수행을 하듯 취재에 나선다. 글이 막히거나, 상투적인 장면에서 벗어날 수 없을 땐 서점이나 도서관에 가면 된다. 구체적으로 알지 못해서 막히는 경우가 대부분이니까. 전문가의 지식만으로는 부족할 부분도 많다. 《7년의 밤》을 쓰다 보니 잠수부들이 쓰는 은어나, 현장에 있었던 사람만이 알 수 있는 독특한 에피소드들이 필요했다. 그래서 모 포털의 다이빙카페에 위장 가입을 해서 그들의 대화와 글을 모조리 읽어치웠다. 굉장히 큰 도움이 됐다. 다이빙할 때의 미묘한 심리변화라든가, 혹은 예기치 않게 수상 구조작업을 벌이게 된 경우라든가, 현장에서 일어난 불의의 사고라든가, 그들 사이에서 전설처럼 회자되는 징크스 같은 것들…….

예를 들면, 옛날에는 돈을 받고 익사체를 건져주는 잠수부들이 있었으며 그들이 '악어'라 불렸다는 것이다. 그리고 악어족들 사이에는 불문율이 세 가지 있었다.

첫째. 해가 지면 절대 물에 들어가면 안 된다.
둘째. 비가 오면 절대 물에 들어가면 안 된다.
셋째. 서 있는 시체는 절대 건드리면 안 된다.

서 있는 시체는 물귀신이라 했다. 물귀신은 다른 사람을 그 자리에 세워야만 하늘로 올라갈 수 있고. 그러므로 물귀신을 건드리는 잠수부는 서 있던 시체의 다음 타자가 된다는 말씀. 나는 이 '알흠다운' 이야기를 고스란히 소설에다 써먹었다.

4

배경설정

소설 속 시공간은
하나의 세계다

공간설정

지_ 정유정 소설의 특징은 실제 같은 가상공간이라고 위키백과에 나와 있더라. 궁금하다. 실제를 놔두고 굳이 실제 같은 가상공간을 만드는 이유가 무엇인가?

정_ 두 가지 이유가 있다. 소설 속 공간은 하나의 세계다. 등장인물들은 그 안에서 숨 쉬고 밥 먹고 일 하고 사랑하고 싸우고 잠든다. 그들만의 규칙이 작동되는 세계다. 소설은 반드시 '그들의 세계'를 근거지로 삼아야 한다. 다시 말해 그곳이 아니면 안 되는 이유가 있어야 한다는 것이다. 소설 속 세계는 곧장 내적 개연성과 결부되기 때문이다. 내적 개연성이란, '현실화될 수 있는 확실성의 정도'나 '현실적으로 가능한'이라는 통상적 개념과 조금 다르다. 이야기 안에서 통용되는 논리적 일관성을 뜻한다. 맥키는 이를 두고 이야기 속 공간은 반드시 "이야기가 이야기되는 장소"라야 한다고 말한 바 있다.

더하여 그 공간은 보이지 않지만 감지 가능한 심연의 세계를 상징할 수 있어야 한다. 표면상의 공간이 그들이 사는 물리적 세계라면, 심층 공간은 그들의 내면을 은유한다. 물리적인 세계에서 이야기의 중심사건이 일어난다면, 은유적 세계는 인물들의 내적 이야기가 소용돌이치는 차원이다. 소설에 필요한 세계는 최소 두 개이고 두 차원의 조합은 정교하게 계산되어야 한다. 둘 중 하나가 결여되거나 설계에 결함이 있으면, 공간은 이야기에 대해 아무것도 말해주지 못한다.

공간의 규모는 이야기에 필요한 최소한의 공간이 좋다. 작가가 이야기 속 세계에 대해서만큼은 신처럼 알아야 하니까. 세계가 넓어질수록 작가가 알아야 하는 것이 많을 수밖에 없다. 지식의 깊이는 얕아질 수밖에 없고. 깊이 없는 지식은 밀도와 핍진성이 낮은 소설을 만들게 마련이다.

소설은 반드시
'그들의 세계'를
근거지로 삼아야 한다.
다시 말해 그곳이 아니면
안 되는 이유가 있어야 한다는
것이다.
소설 속 세계는 곧장
내적 개연성과
결부되기 때문이다.

《다빈치 코드》 같은 스펙터클한 이야기도 잘 들여다보면 인물들이 행동하는 실제 무대, 정교하게 구축된 공간은 몇 군데로 한정돼 있다.

그렇다고 무턱대고 작기만 해서도 안 된다. 인물과 인물에게 일어나는 이야기를 충분히 담을 수 있을 만큼은 커야 한다. 스티븐 킹의 《미저리》는 애니 윌크스의 집을 공간으로 삼는다. 작은 이층집이지만 둘의 이야기를 담기에는 충분한 공간이다.

이러한 조건들이 완벽하게 충족되는 공간을 현실에서는 찾기 어렵다. 가상공간을 만드는 첫 번째 이유다.

두 번째. 나는 광주를 벗어나 살아본 적이 없다. 당연히 타 지역에 대해 알지 못한다. 설상가상으로 타고난 길치다. 공간감각도 무디다. 심지어 열다섯 살 때부터 쭉 살아온 광주 지리를 지금까지도 잘 모른다. 운전도 못한다. 운전면허는 이십대 때 땄는데(무려 8전9기 끝에), 오로지 신분증명용으로만 쓴다. 이런 인간이 할 수 있는 일은 오로지 만들어내는 것뿐이다.

지_ 공간설정이 가장 힘들었던 소설은 무엇인가?

정_ 《7년의 밤》이다. 서원이 살아가는 바깥쪽 세계와 최현수가 살아가는 안쪽 세계, 표면적 세계만 두 개가 필요한 소설이었다. 그 중 현수의 세계를 먼저 구축할 필요가 있었다. 일인칭 화자인 서원이 소설의 시작과 결말을 책임지고 있기는 하나, 이야기의 실제 주인공은 최현수이기 때문이다. 그는 중심사건을 끌고 가는 인물이자 안쪽과 바깥쪽 세계의 중심동력이었다. 《7년의 밤》의 개요에 나는 이렇게 썼다.

> "한 남자가 술을 마시고 야간운전을 하다가 어느 마을의 한적한 도로에서 여자아이를 친다. 그는 중상을 입었으나 아직 죽지 않은 아이를 은밀하게 유기해버리고 뺑소니친다. 아이 아버지는 딸의 시신이 발견되자 범인 찾기에 나선다. 그리고 범인이 누군지 알아내는 순간, 경찰 대신 사적 복수를 계획한다. 범인의 아들을 납치해 범인이 보는 데서 죽이기로. 죄책감에 시달려 미쳐가던 범인은 아이 아버지로부터 아들을 지키려다 마을주민들을 희생시키고 살인마가 된다."

나는 이 사건을 모두 담을 수 있고 아직 비어 있는 이야기를 채워줄 수 있는 공간이 댐이라고 판단했다. 무엇보다 '빠져나올 수 없는 운명'이라는 거대한 힘에 대한 은유가 가능했다. 우리의 삶 바깥에서 들이닥치는 통제 불가능한 힘, 나는 그것을 '운명의 폭력성'이라고 부른다. 소설을 통해 운명의 폭력성과 마주 선 인물들이 어떤 식으로 저항하고, 어떻게 극복하는지, 혹은 침몰하는지를 보여주고 싶었다. 최현수의 세계가 반드시 '댐'이어야 했던 이유다.

　현수의 세계를 댐으로 결정한 후, 나는 목적에 맞는 댐을 찾아 나섰다. 운 좋게도 전문가가 근무하는 댐 견학도 하고 취재도 하게 됐지만, 주변 지형이나 호수의 형태가 목적에 부합하지 않았다. 때마침 후배로부터 광주 근교에 '주암호'라는 호수가 있다는 정보를 듣게 됐다. 약 30여 년 전쯤에 완공된 댐으로, 건설 당시 실제로 고갯마루 아래 골짜기들을 통째로 삼켜버린 곳이었다. 골짜기에는 시외버스가 드나드는 큰 마을이 있었다고 했다. 언젠가 한 방송국에서 잠수부를 동원해 물속 마을을 탐사하는 다큐멘터리를 찍었다는 말도 전해 들었다. 영상을 본 후배에 따르면 어느 집 마당에 유모차까지 고스란히 남아 있었다고 한다. (안타깝게도 나는 다큐멘터리를 직접 볼 수가 없었다. 너무 오래전에 방영된 것이라, 전지하신 '구글님'조차 영상의 행적을 찾지 못했다.)

나는 당장 주암호로 달려갔다. 흥분한 나머지, 가는 내내 손발이 벌벌 떨렸다. 운전하는 남편에게 '더 밟으라'고 보채기까지 했다. 어떤 직감이 있었던 것 같다. 아니, 바로 그곳이라는 확신을 갖고 있었다. 심지어 직감이 틀려도 상관없다고 생각했다. 물속 마을 이야기를 듣는 순간, 머릿속에서 세령과 안승환이 동시에 튀어나왔으니 그걸로 충분하지 않은가.

직감은 정확하게 맞았다. 해거름에 도착한 주암호는 음산하고 스산한 세령호 그 자체였다. 물안개로 둘러싸인 거대우물이었다. 호수 주변엔 철조망 담이 둘러쳐져 있고, 호수 내 출입이 금지돼 있었다. 광주와 전남의 식수를 대는 상수원이었기 때문이다. 호수 옆에는 황폐한 옛 마을이 남아 있었다. 댐 관리단 직원이 상주하던 사택 역시 고스란히 보존돼 있었다. 그런데도 주변엔 사람 하나 보이지 않았다. 호수 중간쯤엔 녹물이 벌겋게 흘러내린 오래된 취수탑이 짧은 콘크리트 다리와 연결돼 있었다. 상류 쪽엔 자물쇠로 문을 잠근 선착장이 있고, 안쪽 부교에 청소용 배들과 예인선이 묶여 있었다.

앞서 말했지만 댐은 사진 촬영이 금지돼 있다. 주암호도 마찬가지일 거라 여겼고 스케치북과 연필을 준비해갔다(나는 준법정신이 투철한 시민이기 때문……이 아니라 도둑촬영을 하다 CCTV에 걸리면 영원히 출입금지를 당할까봐). 서둘러 갔는데도 댐 전체를 스케치하지는 못했다. 몇 장 그리고 나자 해가 지기 시작했기 때문이다. 와중에 스케치 장소와 관련된 장면, 즉 개요의 빈칸을 메워줄 퍼즐조각들이 머릿속에서 튀어나오는 바람에 짬짬이 메모지를 덧붙여야 했다. 덕택에 여러 날에 걸쳐 그곳을 드나들게 됐고, 그러다 보니 습관처럼 그곳을 찾아들었다. 소설을 쓰는 내내, 이야기가 잘 풀리지 않는 날이면 어김없이. 세령호 자체가 《7년의 밤》의 뮤즈였던 셈이다.

지_ 그림은 어떤 방식으로 그리나. 세령호의 형태(책 앞 간지에 인쇄된 지도)가 완전해지기까지는 얼마나 걸렸나.

정_ 먼저 두 종류의 스케치북이 필요하다. 큰 것, 작은 것. 큰 것은 댐 전체의 조감도, 마을지도, 도로와 주변 지형 등 큰 그림을 그리는 데 필요하다. 큰 그림이 완성되기까지는 상당한 시간이 필요했다. 반복해서 그리면서 수정을 하고, 수정이 끝나면 그림 속 동네가 '우리 동네'처럼 익숙해져야 했기 때문이다. '마을 진료소'를 생각하면, 그곳이 어디에 있는 어떤 건물인지 자동으로 떠올릴 수 있도록.

세령마을 _《7년의 밤》

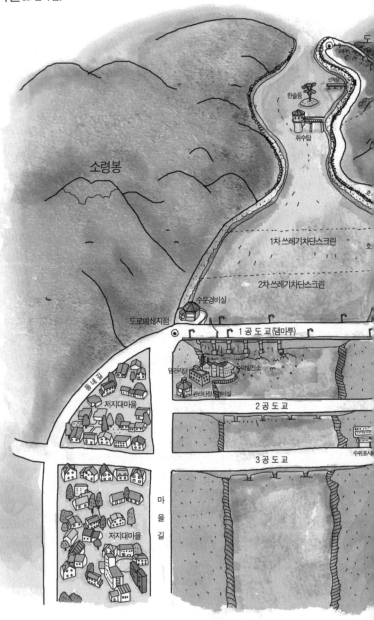

도
한솔둥
선착장
취수탑
소령봉
1차 쓰레기차단스크린
호
2차 쓰레기차단스크린
수문경비실
도로폐쇄지점
1공도교(댐마루)
댐관리단
수력발전소
관리단정문경비실
2공도교
저지대마을
동네길
3공도교
수위표새
저지대마을
마을길

S시

세령봉

고속도로

세령휴게소

전망대

고속도로

세령 IC

세령읍

세령수목원

담장뒷길

담장샛문

101호

103호 102호

별체앞뜰

중앙통행로

사책경비실

세령초교

진료소

주유소

세령평야

©민효인

작은 스케치북은 세밀화를 그리는 데 쓴다. 집 안 구조나, 방 구조, 장면이나 상황, 인물의 동선 등. 소설을 끝낼 때까지 그려야 하는 그림이기도 하다. 예를 들어, 현수가 세령을 차로 친 후, 호수에 유기하는 장면을 쓴다고 하자. 주변 사물의 상태, 자동차의 깨진 유리창, 전조등의 각도 등을 하나하나 그려가며 세령과 현수의 동선을 순서대로 정리해둔다. 이 그림이 활자로 바뀌면서 실제 원고가 되는 거다. 당연한 얘기지만, 그림을 멋지게 그릴 필요는 없다. 누구에게 보여줄 것도 아니고, 전시회를 열 것도 아니니까. 자기가 그린 걸 자기가 알아볼 수 있는 수준이면 된다. 색연필을 색색으로 준비해두는 것도 도움이 될 것이다. 스케치 위에 색을 입혀두면, 뭐가 뭔지 한눈에 파악할 수 있다.

지_ 등대마을도 그렇게 그렸나?

정_ 등대마을의 경우는 순전한 상상의 산물이다. 세령호는 현수의 내면에 숨겨진 지옥(우물)의 확장판이자 그의 인생을 집어삼킨 괴물이다. 등대마을은 좀 다르다. 마을 뒷산 너머에 허허벌판이 있는데 넓은 수수밭과 우물이 있었던 최현수의 고향이다. 개발에 떠밀려 마을과 사람들은 오래전에 사라졌다. 이는 아버지의 죽음으로 사라진 과거를 은유한다. 세령호와 달리 툭 튄 데다, 험난한 조류가 도사린 등대마을 앞바다는 서원의 앞날을 보여주는 공간이

군도 신도시 《종의 기원》

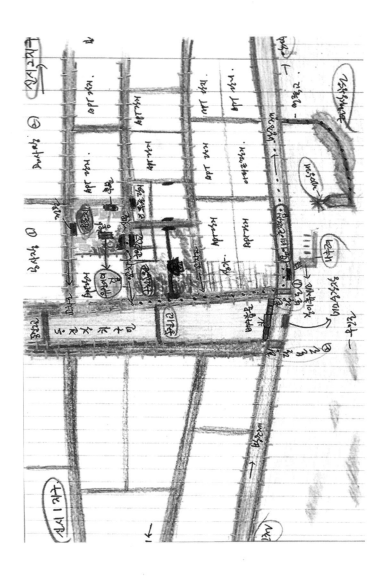

아파트 내부 《종의 기원》

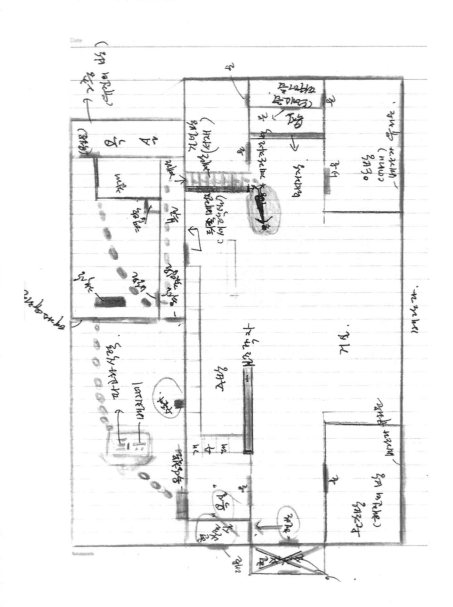

다. 호수에 갇힌 현수와 달리, 서원은 거칠지만 헤치고 나아갈 미래가 있는 셈이다. 심층적 차원이 더 강조된 세계다.

지_ 정신병원이 배경이 되거나 작품의 주요한 공간이 되는 것 같다. 《내 심장을 쏴라》에선 수리희망병원이 배경이고, 《28》에도 정신병원이 나오고, 《내 인생의 스프링 캠프》에서도 국립 은애정신병원에서 박양수 할아버지가 정신병원을 탈출해서 나오기도 하고. 비슷한 공간에서 벌어지는 일들이 많다. 그 공간을 좋아하는 이유가 뭔가?

정_ 아마도 개인적 성향이 아닐까 싶은데…… 나는 그 공간 자체를 좋아한다. 여기서 '좋아한다'는 '그곳이 너무너무 멋지다'는 뜻이 아니다. 그곳이 품고 있는 상황과 이야기가 내게 의미 있다는 얘기다. 그곳에선 삶의 보편성과 특이성, 인간과 비인간, 운명과 의지 같은 막연한 개념들이 분명한 의미로 드러난다. 덧붙이면, 잘 아는 것에 대한 매력도 있다. 앞서 소설을 쓰려면 먼저 자료조사와 공부를 많이 해야 한다고 말했는데, 공부를 하다 보면, 한 군데쯤은 내가 잘 아는 곳을 쓰면 안 될까, 하는 생각이 든다. 말하자면 보장보험 같은 거다. 당연히 모르는 곳보다 노동력이 훨씬 덜 들어간다. 그러면서도 자신감 있는 전개와 묘사가 가능하다는 이점이 있다.

지_ 어떻게 보면 정신이 아픈 거니까, 그런 아픈 사람들에게 연민 같은 것을 느끼는 것도 같다.

정_ 나는 인간이 타자를 '연민하는 능력'을 소중하게 생각한다. 연민은 동정과는 좀 다르다. 동정은 직관적인 것에 가깝다. 한겨울 거리에서 노숙자가 떨고 있는 것을 보면 우리는 곧장 어떤 감정을 느낀다. 얼마나 추울까, 하는 안타까움, 그의 모습에서 미래에 닥쳐올지도 모를 우리 모습을 보는 두려움. 독실한 종교인인 경우, 지금 그에게 호의를 베풀지 않는다면, 훗날 신에게 혼날지도 모른다는 두려움을 느낄 수도 있겠다. 동정심을 느끼면 우리는 이를 행동으로 보여주게 된다. 당장 따뜻한 컵라면이라도 먹을 수 있도록, 지갑을 여는 거다. 물론 혐오감을 느끼는 경우도 있겠지만, 이건 열외로 치고.

연민은 대상에 대한 공감과 이해, 애정을 필요로 하는 밀도 높은 감정이다. 나는 정신병원에 갇힌 사람들에게서 나 자신을 보곤 했다. 미래의 내가 아니라 현재의 나를 보는 거다. 공감과 이해는 이 지점에서 시작된다. 타인에게서 나를 보는 것, 내게서 타인의 모습을 찾아내는 것. 우리는 이것을 감정이입이라고 부른다. 진정한 이입이 이뤄지면 나와 타인 사이의 거리는 순식간에 좁혀진다. 애정을 느끼는 건 시간문제겠다. 고귀한 감정이고, 인간이 가진 훌륭한 재능 중 하나다.

　　다만 이 감정을 스스로 조절해야 하는 직업군이 있다. 아이러니하게도 의사나 간호사 같은 인명을 다루는 사람들이다. 연민에 휩쓸리거나 건건이 감정이입을 하게 되면, 판단력에 문제가 생긴다. 감정적 쓰나미로 자신이 깊은 상처를 받기도 한다. 이는 문제 해결이나 상황처리에 전혀 도움이 되지 않는다. 특수한 상황에서의 감정적 거리는 인간의 판단력을 냉철하게 만든다. 인류의 소중한 자산인 '연민'도 이런 모순적인 양면성을 가진다. 그걸 함께 다룰 수 있는 게 문학이다.

시간설정

지_ 공간처럼 시간 설정에도 다층적인 차원을 적용하나?

정_ 시간도 두 가지 설정이 필요하다. 시대와 기간. 시대란 '언제 일어난 이야기인가'이고, 기간은 '어느 시점부터 어느 시점까지 일 어난 일인가'이다. 가령 '일제 말기에 한 독립군이 겪은 한 달간의 이야기' 이런 식으로. 다만 시간설정도 필연성과 객관성을 가져 야 한다. 독재정부에 저항하는 인물의 이야기를 21세기 한국으로 정한다면 소설의 기본 요소인 '신빙성'이 떨어진다. 과거나 미래의 시공간일 때 훨씬 더 신뢰감이 들 것이다. 반드시 지금 현재라야 한다면, '은유'라는 형식을 빌려 이야기의 표면 아래에 배치해야 한다.

나는 '지금 여기'에서 일어나는 일을 좋아한다. 플래시백을 통 해 인물의 과거를 자주 소환하긴 하지만, 그것은 메인 플롯을 강 화하는 장치로서 사용될 뿐이다. 중심사건은 '지금 여기'에서 일 어나는 일이다.

《7년의 밤》을 액자소설 형식으로 구축한 건 그런 취향 때문이다. 7년 전 사건을 '지금 여기'로 만들려면, 이를 과거의 일로서 받쳐줄 7년 후의 '지금 여기'가 바깥쪽에 따로 있어야 했다. 그러면서도 두 시공간은 플롯 상에서 틈새 없이 얽혀 있어야 하고. 그래야만 이야기가 완결된 구조를 가질 수 있을 테니.

내 소설은 시공간을 단단하게 축조하는 일로 시작된다. 뒤집어 말하면 구체적으로 완성된 시공간 없이는 작업을 진행할 수 없다는 얘기다. 나 자신이 완성된 세계로 들어가, 세계의 일원이 될 수 있어야 비로소 인물을 적절하게 배치할 수 있다.

5

형식

이야기에 어떤 옷을
입힐 것인가

장르

지_ 소설의 장르는 어떻게 정하는가. 본인만의 기준이 있나?

정_ 장르는 최초의 아이디어와 관련이 깊다. 살인사건을 다룬다면 범죄소설이 적합하다. 범죄소설에도 하위 장르가 있는데, 추리소설이나 스릴러가 거기에 해당한다. 중요한 것은 어떤 장르냐가 아니라, 자신이 쓰려는 장르를 잘 알아야 한다는 점이다. SF, 스릴러, 성장소설, 로맨스, 어떤 장르든 간에 필요한 장치와 문법을 능수능란하게 다루고, 상황에 따라 독창적인 변주도 할 수 있어야 한다.

지_ 추리소설과 스릴러가 범죄소설의 하위 장르라고 했는데 둘은 어떻게 다른가.

정_ 여러 면에서 다르다. 그러니까 '순전한 내 기준'이지만, 추리 장르와 스릴러 장르에는 아래와 같은 차이가 있다.

추리소설은 '범인 찾기'가 목적이다. 전개과정에서 독자와 지적 게임을 벌여야 하고 얼마나 노련하게 감추느냐, 어떤 식으로 허를 찌르느냐, 뿌린 씨앗을 얼마나 잘 추수하느냐 등이 중요하다. 반전 또한 주요 요소 중 하나인데, 너무나 기발해서 '와!' 할 때가 있다. 반대로 '반전'에만 궁극의 가치를 두는 경우도 있다. 나는 그걸 '반전질'이라고 부른다. 주인공이 죽을 둥 살 둥 수사를 했는데, 알고 보니 함께 범인을 추적하던 동료 수사관이 진짜 범인이었다는 식으로 마무리된다. 이런 경우엔 '와!' 대신 '응?'이 튀어나온다. 작가가 마치 '이건 몰랐지? 메롱' 하는 것 같아서.

이 장르에선 레이먼드 챈들러가 최고라고 생각한다. 나는《안녕 내 사랑》을 통해 하드보일드의 대가인 챈들러를 처음으로 만났다. 주인공 필립 말로를 단번에 사랑하게 되었고, 그의 문장에 경외심을 품게 되었다. 아마 나 같은 골수신도가 꽤 많을 것이다. 떠도는 풍문에 따르면, 그의 신도는《안녕 내 사랑》이 최고야!' 파와 《빅 슬립》이 최고야!' 파로 나뉜다고 한다. 자신이 어느 파에 속할지는 챈들러를 '어떤 작품으로 처음 만났느냐'에 따라 정해진다고 한다. 동물행동학자 콘라트 로렌츠가 발견한 '각인현상'과 비슷한 거 같기도 하다. 오리가 태어나면서 처음 본 대상을 엄마로 인식하고 하트를 쏘아대며 졸졸 따라다닌다는 저 유명한 현상. 퀴즈 하나. '정유정 오리'는 어떤 파일까?

스릴러는 '살아남기'가 목적인 장르다. 당연히 생존게임의 성격을 띤다. 추리소설과 달리 범인 찾기에 주요 에너지를 쏟지 않는다. 대개 소설 전개부에서 범인이 드러나는 경우가 많다. 스티븐 킹의《별도 없는 한밤에》처럼 아예 범죄자가 주인공이 되어 자신의 범행 과정을 떠들어대는 소설도 있다. 따라서 주인공의 변화하는 행동과 내면 묘사가 중요시된다. 마지막에 주인공이 살아남든, 죽든 간에. 추리소설에 독자의 지성이 더 많이 개입된다면, 스릴러에선 독자의 정서가 더 크게 개입된다. 반전보다는 감정의 '이입'이 중요하다. 주인공이 범인이나 악당이라 할지라도 그/그녀에게 공감하고 이입해서(심지어 그가 되어서) 끝까지 살아남기를 바라게 되는 것이다. 요시다 슈이치의《악인》이 대표적인 예다. 나는 주인공이 홀로 남는 마지막 장면에서 눈물콧물 찍어내며 울었다. '아, 끝내준다'라고 생각하는 건 바로 이런 때다.

추리와 스릴러를 결합시킨 작품도 있다. 범인추적과 생존게임이 동시에 벌어지는 경우다. 이땐 경찰(혹은 탐정)이 아니라 피해자의 주변 인물이 주인공일 경우가 많다. 누군가의 부모라든가, 누군가의 연인이라든가. 아니면 주인공 자신이 누군가에게 쫓기거나. 작가는 감정이입이 되도록, 공을 들여 주인공의 성격에 깊이를 부여하는 동시에 추리기법들을 적극적으로 활용한다. 카를로스 루이스 사폰의《바람의 그림자》를 한번 읽어보시라.

지_ 본인의 소설들은 어느 쪽인가? 추리소설가로 간주되는 경우도 많던데.

정_ 내가 알기로, 추리문학 쪽에서는 나를 정통추리작가로 인정하지 않는다. 당연하다. 아직 정통 추리소설을 쓴 적이 없으니까. 내 소설을 읽어봤을 테니 묻겠다. 내가 범인을 숨긴 적이 있던가? 앞으로 벌어질 일을 예고하지 않은 적이 있던가? 아무리 늦어도 전체 이야기의 1/3이 지나가기 전에 범인을 폭로한다. 독자가 절정에서 벌어질 일을 기대, 혹은 예측할 수 있을 만큼, 차근차근 씨앗을 뿌리고 간다. 내가 추구하는 것은 '누가 죽였는가'에 대한 이야기가 아니기 때문이다. 나는 '왜 죽였는가'를 밝히는 이야기를 쓴다.

  그렇다고 한 가지 장르만 써온 것도 아니다. 《7년의 밤》과 《종의 기원》은 범죄스릴러다. 《28》은 재난소설이다. 《내 인생의 스프링 캠프》는 모험소설이며, 《내 심장을 쏴라》는 전형적인 성장소설이다. 다음 소설은 판타지에 가까울 것이다. 나로서는 처음 시도하는 장르라 열심히 공부 중이다. 처음이라는 점에서 긴장도 되지만 흥분도 된다.

사실, 나는 어떤 작가로 분류되느냐에 크게 신경 쓰지 않는다. 내 소설이 어떤 장르로 라벨링 되는가도 문젯거리는 아니다. 진짜 고민은 이런 것이다. 어떤 이야기를 쓰고 싶은지, 어떤 이야기를 잘 쓰는지, 어떤 이야기까지 쓸 수 있는지. 아마 앞으로도 그럴 것이다.

지_ 이야기가 옆길로 샜는데, 본론으로 돌아가자. 범죄소설에서 긴장감은 필수 요소일 것이다. 이를 만들어내기 위해 사용하는 기법은 어떤 것들인가.

정_ 로버트 맥키의 이론을 토대로 설명해보겠다.

서프라이즈

이른 새벽 막 잠에서 깬 남자를 예로 들어보자. 그는 침대에서 몸을 일으키고 옷을 주워 입은 다음, 방문으로 다가간다. 문을 열어야 밖으로 갈 수 있으니까. 그런데 문손잡이를 당기는 순간, 도끼를 든 남자가 툭 튀어나온다. 누구라도 움찔할 장면이다. 놀라서 주저앉을 수도 있겠다. 하지만 딱 거기까지다. 놀라움은 감정이 아니라 순간적 반응에 가깝다. 깊은 감정은 생성되기 어렵다. 맥락이 없기 때문이다. 개연성이나 필연성은 더 말할 것도 없고.

물론 스릴러나 호러에서 빠지지 않는 장치이기는 하다. 절대로 남용해서는 안 될 기법이기도 하다. 두어 번 놀래다 보면 독자는 작가에게 '비웃음'이라는 비수를 꽂을 것이다. 더하여 도끼를 든 남자가 그 집에서 허드렛일을 도와주는 사람이고, 장작을 패던 중 급한 전갈이 있어 달려온 길이었다면…… 나라면 화를 내겠다. 서프라이즈는 소설 초반부에, 한 번 정도만 사용하는 게 좋다. 안 쓴다면 더 좋고.

서스펜스

독자와 인물이 같은 수준의 정보를 알고 있는 데서 발생되는 긴장이다. 방문 뒤에 도끼를 든 남자가 있다는 걸 주인공도 알고 독자도 안다. 주인공은 온몸을 긴장시킨 채 방문 앞으로 다가간다. 독자는 다가가는 주인공을 숨죽이고 지켜본다. 결과가 어찌 될지는 아무도 모른다. 주인공이 이길지, 도끼남이 이길지. 이때 발생하는 극적 긴장이 서스펜스다. 흔히들, 손에 땀을 쥔다고 표현하는 바로 그것. 스릴러는 서스펜스를 능수능란하게 활용해야 하는 장르다.

극적 아이러니

독자가 아는 것을 인물은 모르고 있는 경우다. 독자는 주인공이 문으로 다가가는 순간부터 가슴을 졸이기 시작할 것이다. 도끼남에게 주인공이 맞아 죽을까봐 애가 타는 거다. 독자는 한순간에 인물에 동화돼서 감정이입을 하게 된다. 소리 없는 비명을 지를 수도 있다. "가면 안 돼!"

서스펜스와 극적 아이러니를 양손에 쥐고 저글링을 하듯 사용하는 대가가 스티븐 킹이다. 독자는 수수께끼를 푸는 대신, 운명적 사건과 맞닥뜨린 인물에게 관심과 호기심을 갖는다. 맞서 싸우는 주인공을 안타깝고 안쓰러운 심정으로 지켜보게 된다. 이 때쯤이면 주인공이 무슨 짓을 하든, 독자는 소설에서 도망치기 어렵다. 이미 감정적으로 주인공의 삶에 깊이 개입하고 있기 때문에.

그 밖에 외적, 내적 갈등으로 유발되는 긴장감이 있겠다. 외적 갈등은 주인공의 가장 크고 지속적인 문제, 즉 이야기의 핵심과 엮여 있어야 효과가 있다. 순간적인 갈등이나 선택이 너무 쉽거나, 사소한 문제(점심으로 된장찌개를 먹을까, 김치찌개를 먹을까 같은 갈등), 정서적 바탕이나 맥락이 없는 갈등 등은 긴장감을 유발하기 어렵다. 남편과 바람난 상대에게 아내가 얼음물을 끼얹는 순간처럼 순간적인 놀라움이야 유발할 수 있겠지만.

연극으로 각색된 《종의 기원》(ⓒ이영학, YES24 제공)

독자는
주인공이 문으로
다가가는 순간부터
가슴을 졸이기
시작할 것이다.
소리 없는 비명을
지를 수도 있다.
"가면 안 돼!"

내적 갈등은 '할까, 말까' 정도에 그쳐서는 곤란하다. 구체적으로 심화돼야 한다. 행동은 한순간에 이뤄지지만 행동을 선택하기까지 주인공의 내면적 싸움은 독자의 엉덩이가 들썩거릴 정도로 충분하고 깊이 있게 묘사돼야 한다. 이야기 절정부의 갈등이라면 더욱 그렇다. 그렇다고 너무 뜸을 들이면 독자들이 소리를 지를지도 모른다. "엔간히 해라, 날 새겠다."

시점

지_ 소설에서 화자의 목소리는 캐릭터만큼 중요한 것 같다. 일인
칭 시점이면 화자의 목소리가 가깝게 느껴지고, 삼인칭이나 전지
적 시점이면 좀 더 객관적으로 들린다. 이인칭이면 좀 낯선 것 같
고. 시점을 정하는 본인만의 기준이 있나?

정_ 다른 것과 마찬가지로 시점도 여러 가지를 고려해야 한다. 이
야기의 성격, 톤, 규모, 분위기, 작가의 직관 등.

우선 이인칭 시점에 대해서는 특별히 할 말이 없다. 독자로서
이 시점의 작품을 가끔 읽긴 하지만 작가로서는 낯설다. 그간 한
번도 다뤄보지 못한 시점이라. 설령 아는 게 있다 해도 여타 글
쓰기 책에서 알려주는 수준을 넘지는 못할 거다.

전지적 시점은 말 그대로 작가에게 전지전능한 권력이 주어지
는 시점이다. 등장인물 모두의 마음에 들어갈 수 있고, 사각지대
없이 세계를 볼 수 있으며, 설명 불가한 일이 거의 없다. 이 시점
역시 아직 써보지 않은 탓에 장점과 단점에 대해 명확히 모르겠
다. 무엇이든 직접 써봐야 안다.

그동안 써왔던 시점은 일인칭과 삼인칭인데, 여기에 대해선 좀
할 말이 있을 것 같다. 어쩌면, 너도 알고 나도 알고 옆집 초등학
생도 아는 이야기일지도 모르겠지만.

가장 많이 썼고 가장 좋아하는 시점이다.《내 인생의 스프링 캠프》《내 심장을 쏴라》《종의 기원》《7년의 밤》중 서원의 파트. 대개 단수의 주인공일 경우, 내면 묘사가 중요한 소설일 경우에 선택한다. 일견 쉽게 느껴지지만 쓰다 보면 꽤 까다로운 시점이라는 걸 깨닫게 된다.

● **일인칭 주인공 시점**

이 시점에선 타인의 마음이나 감정을 직접적으로 표현할 수 없다. 이를테면 "그녀는 분노를 느꼈다" 혹은 "분노했다"로 서술할 수 없다는 얘기다. "그녀는 분노한 것처럼 보였다" "분노한 것 같았다"가 적절하다. 더 좋은 것은 분노한 자의 행동을 서술하는 것이다. 분노한 사람에게서 활성화되는 특유의 신체표상을 묘사해준다면 더 실감나겠지.

> 그녀는 입술을 꽉 물고 나를 똑바로 쳐다봤다. 귀밑이 벌겋게 달아오르고 있었다. 새카맣게 벌어진 동공에선 불길이 활활 타오르는 것 같았다.

일인칭 시점

일인칭 주인공 시점에서 시점 오류는 가장 범하기 쉬운 실수다. 서술 주체를 혼동하면 시점이 흔들린다. 시점이 흔들리면 독자도 혼란스럽다. 형식에 결함이 생기는 거야 말할 것도 없고. 다만 주인공의 직업이 사람을 마음을 꿰뚫어보는 독심술사라면 별 상관없겠다.

또한 이 시점에선 주인공의 시야가 제한돼 있기 때문에 정보에도 제한이 따른다. 주인공이 없는 곳에서 벌어지는 일은 보여줄 수 없다. 주인공은 모르는 정보를 독자에게 직접 전달할 수도 없다. 따라서 전령사 임무를 수행할, 혹은 시야를 확장시켜줄 극적 장치를 만들어야 한다. 타인의 일기, 고백, 신문기사, 소문, 소설 등. 플롯을 교묘하게 얽어서 '어떤 일'을 표면으로 떠오르게 할 수도 있다. 이것도 저것도 귀찮다면 엿듣기나 엿보기 신공을 시전할 수도 있다. 게으른 작가라는 비판이야 듣겠지만 말이 안 되는 이야기보다는 좀 낫지 않겠는가.

일인칭 주인공 시점의 시야 한계를 성공적으로 확장시킨 예는 W. E 보우먼의 《럼두들 등반기》라고 생각한다. 일인칭 시점으로 소설을 쓰려는 후배들에게 읽어보라고 권하는 참고서이기도 하다. 이야기도 포복절도하게 웃기고 재미있지만 기술적인 면에서도 얻어낼 점이 많다. 주인공인 등반대장은 자신을 대하는 대원들의 행동과 말, 표정을 거울처럼 묘사하는데, 이는 자신의 '진짜 모습'을 독자에게만 보여주는 문학적 장치가 된다. 그는 자기가 얼마나 순수하고, 유능하고 배려심 많고 대원과 잘 소통하는 대장인지를 공을 들여 설명한다. 그러나 독자가 보게 되는 건, 눈치 없고, 재미없고, 능력 없는 '삼무대장'이자 사랑스러운 나르시시스트다.

이 시점에서는 주인공의 주장에 서술을 의지하기 때문에 객관성 확보에도 어려움이 있다. 특히 주인공이 믿을 수 없는 화자인 경우는 더욱 그렇다. 《종의 기원》은 이 점을 역으로 이용한 소설이다. 독자를 유혹하고, 혼란스럽게 하고, 연민하게 하고, 동조하게 만들려면 연쇄살인범 사이코패스 '유진'을 일인칭 화자이자 주인공인 '나'로 등장시킬 필요가 있었다. 독자에게 소설이 아닌 악인을 품고 하룻밤을 지새우는 경험을 안겨주고 싶었다. 일인칭 주인공 시점이 아니면 불가능하다고 판단한 이유다.

경험에 비추어볼 때, 일인칭 주인공 시점은 주인공의 내면 성장을 다룰 때 가장 빛을 발하는 것 같다. 《내 인생의 스프링 캠프》가 그런 예다. 장르는 모험담이자 로드픽션이지만, 15세 사내아이의 내면 변화가 '성장'을 지향하기 때문에 성장소설의 범주에도 들어간다.

여담으로 하는 얘긴데, 이런 유의 전통적 성장소설에는 함정이 하나 도사리고 있다. 주인공의 내적 변화가 성장이라는 긍정적 가치값을 갖기 때문에, '갈등이 모두 해결되고 오래오래 잘 살았다'로 귀결되기 쉽다는 것이다. 물론 해피엔딩이 나쁘다고 생각하지는 않는다. 남이 행복해하는 꼴을 못 봐주는 인간이 아닌 이상, 그 누가 해피엔딩을 싫어하겠는가. 다만 그것이 '소설적 진실'인가에 대한 고민이 필요하다. 즉, 개연적 결말이 아닌 필연적 결말이어야 한다는 것이다.

> 개연성은 우리가 이러이러하게 될 것이라고 기대하는 상황을 말한다. 필연성은 개연성과 무관하게 이전의 사건에서 도출된 인과적 상황이다. (로버트 맥키)

쉬운 것은 의심을 해봐야 한다. 이거 혹시 설탕을 씌운 당의정 아냐?

《내 심장을 쏴라》, 정유정 장편소설,
은행나무, 2007

《내 심장을 쏴라》는
두 번째 전략을 쓴
소설이다.
'수리정신병원'이라는
공간 중심에 나(이수명)와
류승민을 나란히 놓고,
승민을 관찰하는
'나'가 성장하는
이야기로 만들었다.

● 일인칭 관찰자 시점

이 시점에서 '나'는 목격자이자 서술자다. '나'의 시선은 '누군가'를 향하기 때문에 이야기 내용도 내 눈에 비친 '누군가'의 세계가 된다. 하지만 '나'에게 어떤 임무를 부여하느냐에 따라, '나'의 이야기가 될 수도 있다. 나와 누군가의 비중이 비슷하거나 상호보완적이면 '우리'의 이야기가 된다.

《내 심장을 쏴라》는 두 번째 전략을 쓴 소설이다. '수리정신병원'이라는 공간 중심에 나(이수명)와 류승민을 나란히 놓고, 승민을 관찰하는 '나'가 성장하는 이야기로 만들었다. 이 이야기에서 승민의 내면은 변화하지 않는다. 흔들리지도 않는다. 그의 자유의지는 이미 성장이 끝난 완성형이기 때문이다. 때문에 '내면'보다 자유의지를 구현하는 '행위'가 중시된다. 반면, '나'인 이수명은 류승민의 행위로 촉발된 극단적이고 격렬한 내면 변화를 겪는다. 관찰자인 동시에 자유의지를 발현시키고 완성해가는 주체적 행위자다. '나'인 이수명이 관찰자이면서 주인공인 이유다.

만약 두 사람이 서로 긴밀한 관계를 구축하면서 하나의 목표를 향해 나아갔다면 '우리의 관계'가 중시된 청춘 이야기가 됐을 것이다. 반대로 '나'가 승민의 관찰자 역할에 머물렀다면 승민의 영웅담을 담은 서사시가 되었을 테고. 이렇듯, 같은 이야기라도 어떤 형식을 갖느냐에 따라 다른 이야기가 된다.

● 그 외

일인칭 시점을 쓸 때, 가장 신경 써야 할 부분은 인물의 감정조절이다. 과잉보다는 조금 모자라는 게 낫다. 아니, 감정이 격렬하게 요동치는 이야기일수록 화자의 목소리가 덤덤해야 한다. 주인공이 울고, 화내고, 소리를 높이면 높일수록, 독자는 점점 냉정해진다. 흠, 어디까지 하나 보자.

주인공과 작가의 거리조절도 필요하다. 소설에 작가의 시각이나 세계관, 혹은 삶의 경험이 투영되지 않을 수는 없다. 그러나 투영과 참견을 잘 구별해야 한다. 작가가 주인공 입을 빌려 자기신념이나 지식, 도덕, 취향 같은 것들을 직접 떠들어대기 시작하면, 곤란한 일이 벌어진다. 소설을 가장한 교리서가 되거나 허세 가득한 일기가 되거나. 이때도 독자는 냉정해진다. 그래, 네 똥 굵다.

삼인칭 시점

삼인칭 시점은 전지적 시점과 혼동하기 쉬운데, 내 생각엔 오히려 일인칭 시점에 더 가깝다. 전지적 시점은 작가의 목소리가 다소 허용되지만 삼인칭 시점에선 인물의 목소리가 강조된다. 삼인칭 제한적 시점을 쓰는 경우는 특히 그렇다. 주어가 '나'가 아닐 뿐, 일인칭 시점처럼 화자의 시각에서만 서술이 허용된다. 그런데 왜 굳이 삼인칭을 쓰느냐고? 이유가 몇 가지 있다.

첫째, 작가가 주인공과의 거리를 (일인칭보다 좀 더) 벌릴 수 있다. 주인공의 이야기를 남의 이야기 하듯, 냉정하고 객관적으로 서술하기에 적합하다. 독자에게 주인공이 '믿을 수 있는 화자'라는 인식을 주는 데 도움이 되기도 한다.

두 번째, 복수의 주요 인물이 등장하는 경우, 다중 시점과 교차서술이 가능하므로 이야기의 사각지대가 사라진다. 더하여 근거리 서술을 택한다면, 일인칭처럼 모든 인물의 내면 깊숙한 곳까지 침투가 가능하다. 하나의 상황을 두고 각자의 감정과 시각과 갈등과 선택을 보여줄 수 있다는 얘기다. 라쇼몽 효과다. 당연히 독자에게 차려지는 밥상은 풍요롭다. 어라, 저걸 저렇게도 볼 수 있단 말이야?

다만, 작가로서는 가장 고생스러운 시점이 될 수도 있다. 이야기 다루는 솜씨를 시험 받는 시점이 아닐까 싶기도 하고, '기술'을 요하기 때문이다. 단수 주인공을 다루듯 복수 화자의 내면을 각각 적절한 깊이로 다뤄야 한다는 점에서 그렇다. 인물이 많다 보니, 자칫하다간 이름만 다른 동일인들이 소설 속을 나돌아 다닐 수도 있다는 점에서도 그렇다. 따라서 누구의 대사인지, 누구의 행동인지, 화자의 이름을 확인하지 않고도 알아볼 수 있을 만큼의 개별성을 확보하는 게 중요하다. 그러면서도 각자의 이야기(서브플롯)가 따로 놀아서는 안 된다. 오케스트라처럼, 각자의 악기로 하나의 교향곡(중심플롯)을 매끄럽고 웅장하게 연주해내야 한다.

나는 《7년의 밤》을 쓸 때, 스티븐 킹의 《그것》을 교본으로 삼아 이 시점에 필요한 기술들을 익혔다. 《7년의 밤》은 메인 플롯 두 개가 시간의 흐름에 따라 중첩돼 있는 액자소설이다. 그중 안쪽 이야기인 세령호 파트는 반드시 삼인칭 다중 시점이자 근거리 시점이라야 했다. 주인공인 현수의 시점만으로는 이야기의 사각지대가 많았기 때문이다. 협조자, 적대자, 관찰자, 등등 여러 인물의 시각이 필요했다. 무엇보다 7년 전의 일을 서원에게 전달할 수 있는 인물—즉 안쪽과 바깥쪽을 연결할 통로—이 필요했는데 그 역할을 직장 동료인 안승환이 맡았다. 문제는 그의 일기나 독백의 형식으로 전달하면 일인칭 시점이 된다는 것이었다. 그래서 궁리해낸 것이 '삼인칭 다중 시점으로 쓴 소설'을 액자형태로 끼워 넣는다'였다. 고민이 하나 있었다면, 안승환의 직업이었다. 나는 작가를 주요 인물로 내세우는 걸 좋아하지 않는다. 어지간하면 피하고 싶은 직업이다. 너무 흔해서다. 직접 세어보지는 않았지만, 소설에 등장하는 작가들을 모아놓으면 우리나라의 실제 작가 수보다 더 많을지도 모른다. 그런데도 그를 댐 경비원이자 작가로 설정한 건 어쩔 수 없는 선택이었다. 안승환이 소설적 테크닉을 발휘해서 안쪽 이야기를 쓰려면, 본래 직업이 작가여야만 했으니까.

요시다 슈이치의 《분노》는 내 소설 《28》과 시점이 같다. 《28》을 쓰기 전, 나는 시점 문제로 골치가 아팠다. 전지적 작가 시점과 삼인칭 다중 시점을 놓고 오래 고민했다. 일단 일인칭 시점이나 삼인칭 단일 시점은 고려대상이 아니었다. '판데믹'이라는 전염병의 빅뱅을 다뤄야 한다는 점에서 한계가 너무 또렷했다. 전지적 작가 시점의 문제는 이것이었다. 작가가 알려주고 다뤄야 할 일과 인물들이 너무 많다는 것. 화양 밖에서 벌어지는 일이나 정부, 질병본부의 대처 상황 등등.

때로 작가 스스로 어떤 한계를 만들 필요가 있다. 나는 대하소설을 쓸 생각이 아니었기 때문에 원고지 2천 매 내외에서 이야기를 마무리하고 싶었다. 그러려면 오로지 화양이라는 도시에만 집중할 필요가 있었다. 그런 이유로 삼인칭 다중 시점이자 근거리 시점을 택했다. 소설에서 중요한 깃은 전염병이 어떻게 생겨나고 전파되는가, 혹은 어떤 영웅이 나타나 지옥의 불길에서 화양을 구할 것인가가 아니었다. 재난 앞에서 흔들리고, 시험받는 인간의 존엄성과 야비하고 잔인한 인간의 본성을 모두 드러내 보이는 것이었다. 나는 각자의 상황에서 각자의 일을 수행할 여섯 인물과 여섯 개의 서브플롯, 여섯 인물과 서브플롯을 하나로 아우를 메인플롯을 구상했다. 그런 다음 화양 전도를 그리고, 메인플롯의 임무를 수행할 각 분야의 여섯 인물들을 적절한 위치에 배치시켰다. 의학과 관련돼 있으면서 이야기의 주제를 구현해줄 1번 주인공은 수의사 서재형. 서재형의 협력자이자 외부와의 연결자이고, 전체 사건의 기록자 역할을 할 기자, 김윤주. 시민들을 돕는 역할이면서 링고의 적대자 역할인 119 구조대원, 한기준. 병원 상황이 어떠한지, 환자들을 어떻게 관리했는지 보여줄 간호사, 노수진. 링고와 서재형의 적대자인 박동해. 살처분 당하는 동물의 입장을 대변하고, 사랑의 가치를 보여줄 늑대 개 링고.

지_ 《7년의 밤》이나《28》 같은 경우 이야기의 규모가 꽤 크다. 게다가 시간이나 공간을 무시로 넘나들며 진행된다. 플래시백도 자주 사용되고. 퍼즐들을 여기저기에 툭툭 던져둔 느낌인데 어느 순간, 전체 그림이 한눈에 확 보인다. 설계도를 미리 마련해두는 편인가?

정_ 나는 못 박을 자리까지 미리 정해놓고 시작하지 않는다. 그저 거푸집 정도만 짓는다. 《7년의 밤》을 쓸 때에도 '과거와 현재로 된 이층집' 정도로 시작했다. 물론 기둥과 지붕은 있었다.

과거의 공간은 세령호, 현재는 등대마을이다. 세령호는 최현수가, 등대마을은 아들인 서원이 끌어가며 둘의 연결점은 안승환이다. 7년 전과 7년 후가 맞물리면서 사건이 해결되고 이야기가 마무리된다.

사실 나는 마지막 원고에
초고의 10퍼센트 이상이
남아 있으면
이것이 최선인가, 하는
의심이 든다.

나머지는 써가면서 하나하나 쌓아 올렸다. 사실 미리 세밀한 설계도를 만들어두어도 그대로 가지 않는다. 수정을 많이 하는 편이라 퇴고할 무렵엔 처음 구상한 형태가 거의 남아 있지 않다. 경험상, 구조든 문장이든 플롯이든 묘사든 간에 수정은 하면 할수록 나아지는 것 같다. 사실 나는 마지막 원고에 초고의 10퍼센트 이상이 남아 있으면 이것이 최선인가, 하는 의심이 든다. 더 극단적으로 말하면, 집어던지고 새로 써야 한다고 여기는 거다. 그 10퍼센트에 들어가는 것이 시작과 결말, 내적 규칙이다. 나머지는 모두 가벽이다. 애초에 거푸집만 짓는 이유다.

규칙

지_ 시작과 결말은 알겠는데 내적 규칙은 무엇인가. 구체적으로.

정_ 인물들이 사는 세계, 즉 이야기 속 세계의 규칙을 뜻한다. 현실의 삶에도 규칙이 있지 않은가? 규칙을 바꾸면 이야기의 설정을 바꾼다는 것이다. 설정을 바꾼다는 건 기본을 바꾼다는 것이고, 전혀 다른 이야기가 된다는 걸 뜻한다.

스토리텔링은 '이야기를 이야기한다'는 의미를 가진다. 작가는 '무엇을 쓸 것인가와 어떻게 쓸 것인가에 대한 답'을 가지고 있어야 한다는 얘기다. '어떻게'를 제대로 해내려면 이야기를 만들어가는 방식과 자신의 이야기가 '말이 된다'는 것을 증명하는 방식도 함께 마련돼야 한다. 그것이 리얼리즘 소설이든, SF든, 판타지든, 호러든, 스릴러든 간에. 말이 되지 않는 이야기는 독자를 실망시키고 화나게 한다. 그렇다고 해서 반드시 현실세계의 규칙을 따라야 말이 되는 건 아니다. 현실에선 햇빛이 사람의 몸을 녹이지 못한다. 하지만 판타지에서는 얼마든지 그럴 수 있다. 독자와 약속을 하면 되니까. 아래와 같이.

주인공의 몸에 햇빛이 닿는 순간 눈사람처럼 녹는다.

이제 주인공은 어떤 경우에도 햇빛에 닿아서는 안 된다. 닿았다면 가차 없이 녹아야 한다. 만약 이야기의 한 지점에서 (특히 절정 장면에서) '주인공은 햇빛을 피할 수 없다'와 '주인공이 죽어선 안 된다'는 조건이 타협 불가능하게 충돌한다면, 달리 방법이 없다. 이야기를 다시 설계해야 한다. 주인공을 바꾸거나. 이게 내적 규칙이다. 독자는 이를 근거로 이야기의 세계 안에서 주인공이 할 수 있는 일인지, 할 수 없는 일인지 판단한다. 내적 개연성은 내적 규칙과 관계가 깊다.

지_ 그렇다면 내적 개연성 역시 현실의 개연성과는 의미가 다르겠다.

정_ 맞다. 내적 개연성은 소설 내에서 일어난 사건의 인과관계를 말한다.

　　이러이러한 일이 일어났기 때문에 이러이러한 결과가 나타났다.

이 문장에 논리적으로 결함이 없으면 내적 개연성이 있는 것이다. 《28》을 예로 들어보자. 소설을 끌어가는 여섯 화자 중 하나인 링고는 늑대 개다. 그냥 개가 아니라 사람처럼 생각하고 느끼고 행동하는 의인화된 개다. 나는 링고에게 화자의 지위를 부여함으로써 이 점을 처음부터 상정하고 들어갔다. 독자가 이를 받아들인다면, 아마도 책을 계속 읽어나가게 될 것이다.

앞다리가 푹 빠질 만큼 파 내려갔을 즈음, 발밑에서 뭔가가 꿈틀거리는 것 같았다. 좀 더 파헤치자 둥근 머리통이 튀어나왔다. 링고는 이빨로 머리 거죽을 물고 뒷다리에 힘을 주면서 끌어내기 시작했다. 땅 위에 부려놓고 보니 죽은 개였다. 힘이 쭉 빠졌다. 스타는 링고를 한 번 쳐다보더니 다른 쪽을 파기 시작했다. 두 번째 개도 죽어서 나왔다. 세 번째, 네 번째도. 쉼 없이 파고 끌어냈지만 살아서 나온 개는 없었다. 동쪽 하늘이 파랗게 열리던 새벽까지, 단 한 마리도.

링고는 숨을 헐떡이며 눈밭에 널린 수많은 개들을 둘러봤다. 여기저기 구멍이 뚫린 흙바닥은 구덩이 속으로 부스스 꺼져 내리고 있었다. 더 이상 나올 개는 없어 보였다. 그런데도 땅 밑에선 공포에 찬 비명이 끊임없이 울리고 있었다. 저 울부짖는 개들은 대체 어디에 묻힌 것일까. 스타도 동작을 멈추고 사방을 두리번거렸다. 지치고, 상처받고, 어리둥절한 표정이었다. 링고는 뒤늦

게 알아차렸다. 자신과 스타가 듣고 있는 저 생생한 울부짖음은 땅속에서 울리는 소리가 아니었다. 각자의 머릿속에서 울리는 비명이었다.

링고의 의인화는 상호간에 암묵적 약속으로 성립된다. 반면 스타나 쿠키에게는 화자의 지위를 주지 않았다. 그들의 행동이나 감정은 오로지 링고나 서재형의 독백을 통해 묘사되고 해석된다. 독자는 이 점 역시 구별하고 받아들이며 이 규칙이 지켜지면 소설은 내적 개연성을 확보한다. 즉, 말이 되는 것이다. 그러나 어떤 상황에서, 순전히 작가의 필요에 의해, 임의적으로 스타나 쿠키가 스스로 말을 하기 시작하면 그 순간 내적 규칙은 깨지고 만다. 당연히 개연성도 유지되지 못한다. 그 결과 독자는 작가의 이야기를 신뢰하지 못하게 된다.

6

등장인물

그들에게 고유의 임무와
위치를 부여하라

주인공의 조건

지_ 뭐니 뭐니 해도 소설의 꽃은 주인공일 것 같다. 특별히 선호하는 주인공 캐릭터가 있는가?

정_ '선호'는 다분히 개인의 취향이 반영된 단어다. 하지만 내 취향에 맞는 캐릭터만을 주인공으로 쓸 수 없다. 오히려 그 반대에 가깝다. 내 취향을 주인공에게 맞춰야 한다. 모든 이야기는 주인공에게 이야기의 주제구현이라는 임무를 부여한다. '아무 일도 하지 않는 것이 안전하다'가 소설의 주제라면, 주인공은 지구가 반으로 쪼개지더라도, 절대로, 결단코 아무 짓도 하지 않아야 한다.

첨언하자면, 《7년의 밤》처럼 비슷한 비중의 주요 인물이 여럿 나오는 소설에서 주인공을 가려낼 때, 시점에 현혹되어서는 안 된다. 즉 일인칭 화자가 반드시 주인공은 아니라는 얘기다. 주인공은 발단이 되는 사건을 일으키거나 그 사건이 주인공 본인에게 일어난다. 이야기의 중심플롯 역시 주인공이 끌고 나가며 주인공과 함께 끝이 난다. 그러므로 《7년의 밤》의 주인공은 "나"(최서원)가 아닌 최현수다. 중심플롯인 '세령호'가 최현수의 이야기이기 때문이다. 그의 욕망과 갈등, 좌절, 공포, 광기 등이 이야기의 동력을 만들며 그의 목표는 곧 이야기의 목표가 된다. 따라서 주인공에게 기본적으로 요구되는 자질과 자격이 있다.

지_ 기본적 자질과 자격이란 무엇인가.

정_ 첫 번째는 적절성이다. 주인공은 목표를 달성하면서 죽을 수도 있고 살아남기는 하지만 목표 달성에는 실패할 수도 있다. 하지만 반드시 이야기의 절정부분은 주인공이 주도해야 한다. 그의 임무는 이야기의 주제를 구현해내는 것이다. 그러려면 임무수행에 적절한 인물이라야 한다. 이야기에 맞는 최소한의 물리적 요건을 갖춰야 한다는 뜻이다.

《종의 기원》의 마지막 장면에서 유진은 겨울 바다를 헤엄쳐 건너간다. 물은 얼음처럼 차갑고, 조류는 무시무시하게 드세고, 눈보라가 치는 데다, 시야는 어두우며, 바다에는 해양경찰이 오가는 상황이다. 무엇보다 이 장면은 소설의 절정 장면이다. '바다에서 살아남기'는 그에게

《종의 기원》, 정유정 장편소설,
은행나무, 2016

이야기의 절정부분은
주인공이 주도해야 한다.
그의 임무는 이야기의
주제를 구현해내는 것이다.
그러려면 임무수행에
적절한 인물이라야 한다.

주어진 가장 중요한 임무인 셈이다. 이를 완수하려면 우선 수영 실력이 빼어나야 한다. 체력도, 담력도 좋아야 한다. 그렇다면 현직, 혹은 전직 수영선수가 적절하지 않겠는가. 중장거리 선수라면 성공확률이 더 높을 테고. 유진을 전직 수영선수, 그것도 중장거리 선수로 설정한 주요 이유 중 하나다.

어느 순간, 서치라이트 빛이 서서히 다가와 나를 통과해갔다. 빛이 지나고 나자 시야는 더욱 어두워졌다. 어둠이 너무 짙어서 손을 넣으면 검은 덩어리라도 푹 퍼낼 수 있을 것 같았다. 안개는 더욱 짙어지고, 함박눈은 눈보라에 가까워지고, 시계 거리는 빠른 속도로 짧아졌다. 묵직하게 출렁이는 바다의 무게가 몸을 짓눌렀다. 나는 점점 힘이 빠지는 걸 느꼈다. 자주 물 밑으로 가라앉았고, 숨이 턱끝으로 차올랐다. 입을 벌리면 짜고 차가운 물이 가차 없이 들이쳤다. 사지는 뻣뻣해져서 헤엄을 치는 게 아니라 말뚝 네 개로 노를 젓는 기분이었다. 의식은 쇄빙선처럼 시간과 공간을 뚫고 과거로 돌진했다.

두 번째, 주인공은 욕망을 가져야 한다. 외적 욕망(드러난 욕망)과 내적 욕망(숨겨진 욕망) 모두 가져야 한다. 결핍 없이 자라 원만한 성격과 욕망 없는 내면을 가진 인물은 결혼 상대자로는 적합할지 모르겠다. 그러나 소설의 주인공으로는 아니다. 삶에 만족하는 자가 무엇을 간절하고 절박하게 원하고 성취하려 들겠는가. 무엇을 위해 자기 삶을 걸 수 있겠는가. 결핍이 없다는 건 소설 주인공으로선 결격사유에 해당한다.

한 우등생이 있다. 이 인물은 의과대학에 지원해 의사가 되고자 한다. 안정적인 선택이고, 부모의 바람과도 일치한다. 성적도 충분하고 부모는 자식을 뒷바라지할 능력이 있다. 인물의 행로를 방해할 요소는 아무것도 없어 보인다. 적어도 겉으로 보기에는. 이 인물이 소설의 주인공이 되려면 내면에 숨겨진 방해꾼이 있어야 한다. 인물은 배낭 하나 달랑 메고 세상을 자유롭게 떠도는 걸 부모 몰래 욕망한다. 욕망은 점점 강렬해지고, 결국 두 욕망이 충돌하는 사건이 일어나거나, 어떤 사건으로 인해 진짜 욕망을 각성하게 된다. 이야기는 대개 이 지점에서 시작된다. 어깨너머로 배운 바, 이야기는 '변화'에 대한 것이기 때문이다. 어떤 장르든 간에, 모든 이야기는 '추구'라는 단일한 범주에 수렴된다.

어떤 주인공들은 내적 욕망과 외적 욕망이 일치한다. 가령 범인을 찾아야 하는 추리소설의 주인공(탐정이나 경찰), 악당을 벌하는 영웅적 인물들이 그렇다. 이땐 주인공의 욕망과 외부 차원의 욕망이 충돌한다. 주인공은 자신이 속한 가족이나 환경, 사회, 시대상황, 대자연 등과 싸운다. 주인공의 내면 갈등이 다뤄지지 않는 건 아니지만, 이 경우 주인공의 삶이 '변화'하는 게 주요 목적은 아니다. 그에게 주어진 과제를 해결하는 것이 주목적이다.

세 번째, 주인공에겐 자유의지가 있어야 한다. 자유의지의 사전적 의미는 이렇다. 주어진 환경이 어떠하든 간에 자신의 행동과 결정을 스스로 조절·통제할 수 있는 힘과 능력. 인간을 포함한 모든 동물은 보수적이다. 필요 이상의 에너지를 쓰지 않으려 한다. 포식자인 사자도 배가 부를 땐 사냥을 하지 않는다. 닭요리를 하는 데 쓰는 도구가 전기톱이 아니라 식칼인 이유이기도 하다. 그게 자연의 섭리일 것이다. 평소의 해결 패턴으로 문제를 풀 수 없을 때, 비로소 변화를 추구한다. 변화를 추구한다는 건 행동에 나서겠다는 의미다. 원하는 것을 얻기 위해 행동하고, 자기 능력의 한계까지도 밀어붙일 수 있는 힘을 우리는 '의지'라고 부른다. 그 과정은 고통스럽다. 결과가 실패라면 더욱 큰 고통이 덮쳐올 테다. 이를 온전히 견디고 감내할 수 있어야 한다.

추구와 의지와 인내. 나는 이 세 단어를 합해서 '자유의지'라 부른다. 이는 자기 삶을 상대하는 내면의 '전사'이기도 하다. 전사가 없는 자는 끝까지 갈 수 없다. 아마도 그/그녀는 주인공이 아니라 주변 인물일 것이다.

네 번째, 주인공이 꼭 영웅이거나 절세미남이거나, 압도적인 카리스마를 갖출 필요는 없다고 생각한다. 유진처럼 악당일 수도 있고, 《내 심장을 쏴라》의 수명처럼 조현병 환자일수도 있다. 원한다면, 점쟁이 문어를 주인공으로 삼을 수도 있다. 중요한 건 독자가 동일시할 수 있는 부분이 있느냐, 하는 점이다. 독자는 무의식중에 주인공에게서 자신과 비슷한 면을 찾으려 한다. 어떤 고민거리, 골치 아픈 문제, 성장환경, 성격적인 특성 같은 것들. 내 경우, 소설에서 그러한 점을 발견하는 순간부터, 주인공을 이해하려 애쓰고, 주인공의 욕망이 성취되기를 바라기 시작한다. 나쁜 놈이든, 좋은 놈이든, 촌뜨기든, 덜떨어진 얼간이든, 상관없이. 만약 동일시에 실패한다는 건, 독자와의 연결통로가 끊겼다는 걸 의미한다.

《종의 기원》을 쓸 때, 가장 고민했던 부분이 바로 이 점이다. 주인공 유진은 막 진화하기 시작한 애송이 사이코패스다. 누가 흔쾌히 그와 자신을 동일시하겠는가. 평범한 사람은 너무나 끔찍해서, 실제 사이코패스는 이 애송이의 서툰 짓이 너무나 시시해서 매력을 느끼지 못할 테니까. 내 과제는 그와 독자 사이를 연결시킬 통로를 찾는 것이었다. 그리고 '자기합리화'에서 답을 찾았다.

다섯 번째, 성격에 겹이 있어야 한다. 한 겹짜리 주인공만큼 이야기를 밋밋하게 만드는 것도 없다. 까놓고 말해보자. 너무너무너무 착하고 신사적인 남자가 한 여자만을 너무너무 사랑해서, 너무너무 배려하고, 너무너무 충성하면서, 너무너무 행복하게 사는 이야기라면…… 너무너무 지루한 나머지, 여자에게 새 남자를 소개시켜주고 싶지 않을까?

인간은 누구나 몇 겹의 자아를 갖고 산다. 사회적 자아. 자식으로서의 자아, 부모로서의 자아, 실연을 당한 친구의 하소연을 들어주는 와중에 "이봐, 남자친구랑 영화 보러 가기로 하지 않았어? 지금 1시야, 딱 10분 남았다고"라고 각성시키는 내밀한 자아. 겉으로 보기에 냉정한 사람이지만 내면에선 용암이 소용돌이치고 있을 수 있다. 도덕적으로 아무 하자 없는 인물이 살인을 꿈꿀 수도 있고. 악당이지만 치명적으로 나약한 면을 가질 수도 있겠지. 연쇄살인범 유영철이 자기 아들만큼은 끔찍하게 사랑하고 자기의 실체가 드러나는 걸 두려워했듯이. 너도 알고 나도 아는 얘기겠지만, 그 겹들이 설명되어서는 곤란하다. 묘사되어야 한다. 이는 극화시켜야 한다는 말과 같다.

여섯 번째, 보편성을 가져야 한다. 지나치게 복잡해서 종잡을 수 없거나 너무나 개성적인 주인공은 본질적 이야기를 삼켜버리기 십상이다. "앤 원래 이렇게 또라이야"라는 말은 개연성은 없고 의외성만 있는 주인공의 행동에 대한 가장 게으른 변명이다.

결론, 주인공의 매력은 외면으로 보이는 것이 아니라, 그 인물이 가진 양면성과 그로 인한 갈등을 드러내고 해결하는 방식과 관련이 있다.

인간은 누구나
몇 겹의 자아를 갖고 산다.

너도 알고
나도 아는 얘기겠지만,
그 겹들이 설명되어서는
곤란하다. 묘사되어야 한다.
이는 극화시켜야 한다는 말과
같다.

적대자는 주인공과 체급이 비슷해야 한다

지_ 이야기가 얼마나 재미있느냐는 주인공과 대립하는 적대자가 얼마나 매력적인가, 하는 점에 달려 있다는 말도 들은 적이 있다. 적대자의 매력이란 무엇인가.

정_ 맞는 말이다. 아주 가끔인데…… 주인공에 대한 애정이 너무 깊은 나머지, 그녀(혹은 그)를 극단까지 몰아붙이기 두려워하는 작가를 만난다. 이 경우, 대개 체급이 맞지 않는 인물을 적대자로 세운다. 물론 라이트플라이급 주인공에게 무제한급 적대자를 맞붙여 링에 올릴 필요까지는 없다. 목표를 달성하기도 전에 맞아죽게 될 테니. 독자는 적대자에게 애정을 갖거나 심지어 주인공으로 착각하게 될지도 모른다. 우리는 대체로 나약함보다 강인한 면모에 호감을 느끼지 않나.

하지만 반대가 될 땐 그보다 더 심각한 문제가 야기된다. 이야기가 너무나 쉽게 흘러가기 때문이다. 주인공이 큰 힘 들이지 않고도 모든 걸 해결해버릴 테니까. 이야기가 초장에 파장해버리는 거나 마찬가지다. 내가 아는 한, 이미 끝난 게임을 끝까지 참고 봐줄 독자는 그리 많지 않다.

적대자는 주인공과 체급이 비슷해야 한다. 주인공을 극단까지 끌고 갈 능력을 갖춰야 한다. 주인공에 버금가는 혹은 약간 더 강한 자유의지와 욕망을 가져야 한다. 주인공만큼 말이 되는 동기를 가져야 한다. 덤으로 인간적인 매력도 갖추고 있다면 더 좋겠지. 다만 인간적인 매력이 곧 도덕성이나 관용, 이타심을 뜻하는 건 아니다. 드러난 성격 뒤에 존재하는 보편적이면서도 예상치 못한 면모를 뜻한다.

만약 악인이 주인공이고 선의를 가진 인물이 적대자일 땐, 아주 섬세하고 조심스럽게 캐릭터를 구축해야 한다. 주인공의 인간적 면모를 초반에, 아주 인상적으로 드러냄으로써 독자와 연결통로를 만드는 것도 하나의 전략이다. 나중에 주인공의 진면모가 드러났을 때마저도 연민을 품거나, 행동을 응원하거나, 슬퍼하도록 만들 수만 있다면 어려운 과제를 완수해낸 것이다. 주인공만큼이나 적대자의 캐릭터 구축도 품이 드는 셈인데, 이렇게 생각하면 마음이 좀 편해진다.

"어떤 이야기든 주인공이 두 명 필요하다."

주인공과 다른 점이 있다면, 적대자는 작가의 주제와 이야기의 목적을 구현하는 인물이 아니라는 점이다. 그것을 방해하는 고도의 장애물이다. 당연히 그의 행위와 사고는 늘 주인공과 관계되어 있다.

참고로, 적대자 역시 꼭 사람일 필요는 없다. 주인공이 그렇듯, 코끼리일 수도 있고, 유령일 수도 있고, 죽음일 수도 있고, 대자연일 수도 있다. 심지어 자동차일 수도 있다. 스티븐 킹의 《살아있는 크리스티나》를 읽어보시라. 주인공 데니스를 괴롭히고, 궁지로 몰아넣고, 가장 사랑하는 친구를 한 방에 빼앗아버린 그녀, 데니스와 피터지게 대결하는 무시무시한 적대자 크리스티나는 1958년형 플리머스 퓨리, 즉 고물 자동차다. 종종 《종의 기원》처럼 적대자가 주인공 자신인 경우도 있다.

주요 인물 & 주변 인물

지_ 이야기에는 주인공과 적대자만 있는 게 아니다. 중요한 역할을 하는 주요 인물부터 불과 한두 번 등장하는 주변 인물도 있다. 그들의 캐릭터 역시 동일한 방식으로 구축하나?

정_ 그럴 리가. 그럴 수도 없고 그래서도 안 된다고 생각한다. 역할에 걸맞은 깊이가 필요하다. 구경꾼1은 구경만 하면 된다. 그에게 필요한 건 깊이 있는 성격이 아니라 잘 구경할 눈이다.

주변 인물 자체가 복선인 경우나 가벼운 임무를 수행하는 경우에는 약간 공을 들여야 한다. 너무 공을 들이면 쓰임새를 미리 가르쳐주는 꼴이 된다. 구경꾼2로 세워두기만 하면 독자가 나중에 기억하지 못할 가능성이 크다. 특징적인 무언가를 툭 던지듯 묘사하는 정도가 적절하다. 결정적인 순간에 아하! 할 수 있도록.

주요 인물에게는 반드시 고유의 임무와 위치를 부여해야 한다. 두말할 것도 없이 이야기에 영향을 주는 임무다. 이들은 주인공을 중심점에 두고 시계 문자반처럼 방사형으로 위치시킨다. 임무나 위치가 겹치면 이야기가 혼란스럽다. 주인공과 비슷한 입장이거나(도우미나 방해꾼, 동조자나 반대자 등등) 비슷한 임무를 수행하는 인물이 복수일 땐 한 인물로 합해주든가, 하나만 남기고 제거한다. 수고로운 작업이지만 이야기가 선명해진다. 속도도 빨라지고. 누굴 제거할지 어떻게 결정하느냐고? 제거했을 때, 말이 되는 쪽을 택한다. 양쪽 다 말이 되든가 안 될 때는? 그땐 직관으로 판단한다. 공들여 쓴 사랑하는 '내 인물'을 어떻게 제거하느냐고? 스티븐 킹 대인은 일찍이 이런 말씀을 하셨다.

　　"사랑하는 것들을 다 죽여라."

성격: 인물의 지옥버튼을 찾아라

지_ 캐릭터가 실감나고 입체적으로 구축되려면 어떻게 해야 하는가.

정_ 가장 많은 오해를 받는 게 '캐릭터'가 아닌가 싶다. 남자, 서른다섯 살, 미묘하게 변하는 표정, 소심한 말투, 생각에 잠긴 깊은 눈동자, 조심스러운 움직임, 나직한 목소리…… 이것은 캐릭터가 아니라 인물 묘사다. 눈에 보이거나 감지할 수 있는 것들로 본질적인 성격과는 차이가 있다. 본질적 성격은 보이거나 감지되는 특징 뒤편에 꼭꼭 숨어 있다. 이를 밖으로 끌어내려면 어떻게 해야 할까. 우선 인물의 전사를 연구할 필요가 있다. 그렇다고 탄생에서 현재까지 시시콜콜 뒤질 것까진 없다. 그럴 시간도 에너지도 부족하다. 요는 인물의 지옥버튼을 찾는 것이다.

상처 없는 성인은 없다. 인간은 진공상태로 자라지 않기 때문이다. 만약 진공상태에서 자랐다면 몸만 성인이지 아직 기저귀를 떼지 못했을 가능성이 크다. 인간은 상처를 통해 성장한다. 그러나 상처로 인해 자기 안에 지옥을 만들기도 한다. 그 부분의 버튼이 건드려지는 순간, 이성이 통제할 겨를 없이 폭발해버리기도 한다.

내게도 지옥버튼이 있다. 나는 어릴 때부터 아버지와 사이가 좋지 않았다. 사사건건 부딪혔다. 두 사람의 성격이 똑같기 때문이다. 고집불통에다 화가 나면 앞뒤 없는 전차가 된다는 점에서 특히 그랬다. 당연한 얘기지만 공평한 싸움은 아니었다. 충돌이 일어나면, 내 쪽이 완벽하게 불리했다. 물리적인 면에서도, 가족 내 서열 면에서도 상대가 되지 않았다. 나는 어린 여자애고 자식이며, 아버진 성인 남자, 그것도 키가 180센티가 넘는 거구인 데다 우리 집 대장이었으니까. 그런데도 지지 않고 꼬박꼬박 대드는 내게 아버지는 등짝 스매싱을 갈기며 "정신 차려!"라고 윽박을 지르곤 했다. 그 말을 들을 때마다 얼마나 분했는지 모른다. 정신 차려라니, 내가 제정신이 아니란 말인가. 심지어 밤에 꿈까지 꿨다. 아버지가 소처럼 큰 눈을 더 크게 뜨고 정신 못 차리게 내 몸을 흔들어대며 "정신 차려!"라고 윽박지르는 실제 같은 꿈. 자다 일어나 대성통곡을 한 게 한두 번이 아니었다. 그리고 지금까지도 "정신 차려!"라는 말을 싫어한다. 고백하자면, 싫어하는 정도가 아니라 꼭지가 확 돈다. 직장 생활을 할 때, 어떤 동료가 장난삼아 똑같은 짓을 한 적이 있는데 하마터면 죽빵이 날아갈 뻔했다. 말하자면 내 사회적 자아와 자기 통제력을 한 방에 고장 내는 흑마술의 주문이 "정신 차려!"인 셈이다(심지어 나는 김수철이 깃발 날리던 시절의 노래 〈정신 차려〉도 싫어했다. 무슨 그따위 제목이 다 있냔 말이지……).

주인공의 전사에서 찾아야 할 버튼이 바로 그 '흑마술의 주문'이다. 자신하는데, 버튼을 찾고 나면 주인공의 사회적 자아 뒤에 숨겨진 진짜 성격이 보일 것이다. 그걸 어떤 방식으로 드러내게 할지도 알게 될 것이다. 버튼을 언제, 어떻게 누르면 가장 효과적인지도.

지_ 인물의 이름을 짓는 것도 쉽지는 않을 것 같다.

정_ 1차 작명은 프로야구 각 구단 선수들을 참조한다. 선수들 중에서 인물에 어울릴 법한 이름을 골라 살짝 손을 본다. 이를테면 《28》의 한기준은 한기주 선수 이름을 빌려왔다. 서재형은 서재응 선수에게서. 여성 인물은 신경을 쓰는 편인데 역시나 성격이나 역할, 직업 등을 고려한다. 형제나 자매는 돌림자를 선호하고(왜냐하면 따로 설명하지 않아도 형제나 자매 느낌이 나니까), 너무 예쁜 이름은 웬만하면 피한다. 이름 때문에 얼굴도 예쁘고 성격도 예쁘고 마음씀씀이도 예쁘리라는 선입견을 주게 될까봐. 하지만 예외도 있다. 《7년의 밤》에 나오는 소녀, 세령은 작심하고 예쁘게 지은 것이다. 예쁜 소녀라는 느낌을 주기 위해. 세령의 아빠인 오영제도 고민깨나 했다. 제왕적 성격과 세령마을 지주라는 지위를 상징할 이름이 뭘까, 하고.

지_ 지금까지 쓴 소설 중에서 특별히 사랑하는 캐릭터가 있나?

정_ 《내 심장을 쏴라》에 나오는 김용이다. 이수명과 같은 방에 입원해 있는 바이폴라(양극성 정동장애) 환자로 허세꾼에, 떠벌이에, 엄살쟁이지만 그를 열렬하게 사랑한다. 그 바람에 이후의 소설들에 꾸준히 등장하고 있다. 《28》에선 박동해의 정신병원 룸메이트로, 《종의 기원》에선 용이네 호떡집 사장으로. 실은 《종의 기원》이 나온 후 독자들에게 사랑하지만 눈물을 머금고 은퇴시키겠다고 큰소리 쳤는데…… 내가 변덕이 죽 끓듯 하는 인간인지라…… 하여간 다음 소설을 기대하시라.

지_ 싫어하는 캐릭터도 있을 것 같다.

정_ 싫어한다기보다 기피하는 캐릭터는 있다. 변화할 여지가 없는 사람이다. 요샛말로 '완전체'.

지_ 인물을 배치할 때 성격이나 직업, 역할을 부여해야 비로소 움직이기 시작한다. 인물의 직업이 굉장히 중요한 역할을 한다는 뜻일 것이다. 그런데 다른 작품이나 드라마를 보면 주인공이 직업은 있는데, 그 직업에 관련된 행동을 별로 하지 않는 경우가 많았다. 그래서 붕 떠 있는 듯 느껴지는 경우도 많았는데, 당신은 왜 그 직업이어야 되는지 잘 설명해주고 있는 것 같다.

정_ 직업은 그 인물의 사회적 자아다. 독특하다고 해서, 혹은 있어 보인다고 해서, 내가 잘 안다고 해서 그 직업을 갖게 할 수는 없다. '그 직업'이라야만 '그 사건'을 감당할 수 있는 직업을 선택하는 게 옳다. 전혀 모르는 직업인 경우, 물론 두렵다. 그렇다고 두려움 때문에 회피하면 참사가 일어나게 마련이다. 주인공이 명찰만 단 사이비 학생이 된다는 얘기다. 아니면, 인물의 500미터 반경 내에서 일어나는 얘기만 줄기차게 변주하든가.

　모르는 것에 대한 해결책은 내가 알기로, 작심하고 덤비는 것 말고는 없다. 《28》의 서재형의 예를 들어보자. 그는 수의사다. 내가 간호 대학 출신이기는 해도 수의사에 대해서 뭘 알겠는가. 그가 하는 말을 알아듣는 정도겠지. 해결법은 단순하면서도 힘들다. 수의학 공부를 하고, 수의사를 찾아다니면서 취재해야 한다.

화자이자 늑대 개인 링고도 마찬가지였다. 나는 개를 좋아하고 키워본 경험도 있다. 하지만 그것과 개의 입장에서 이야기를 서술하는 건 전혀 다른 문제다. 개를 화자로 내세우려면, 개가 되어야 한다. 이 문제를 해결하려면 개에 대해 공부하는 수밖에 없다. 로렌츠 같은 동물행동학자에서부터, 개에 대한 소설과 에세이, 《늑대와 철학자》의 저자인 마크 롤랜즈의 철학적 저서까지.

이 일을 두려워하거나 귀찮아하면, 이야기가 두루뭉술하게 서술될 수밖에 없다. 무엇보다, 과학적인 부분이 틀려선 안 된다. 소설은 상상의 영역이고 온갖 이야기가 다 동원될 수 있는 장르다. 토끼가 재주를 세 번 넘으면 캥거루로 변신할 수도 있다. 하지만 토끼가 가진 생물학적 특징, 보편적인 습성 등은 정확하게 묘사돼야 한다. 손바닥만큼 발 디딜 땅은 있어야 한다는 거다. 그 부분이 철저하게 사실적이지 않으면, 즉 '옥에 티'가 나오면, 자책감이 들고 부끄럽고 괴롭다.

지_ 〈파리 리뷰〉 인터뷰를 모은《작가란 무엇인가》에서 "쇼펜하우어는 자신이 읽은 관련 도서들보다 도스토옙스키에게 더 많은 심리학을 배웠다고 말했어요"라는 질문에 소설가 줄리언 반스는 "그럼요. 그게 소설이 사라지지 않으리라 예상되는 이유죠. 적어도 지금까지는 심리학적 복잡성과 자기 성찰, 숙고를 소설처럼 다룰 수 있는 대체물은 없어요. 영화의 기능은 소설과 많이 다르고요. 시드니에서 임상 치료를 전문으로 하는 정신과 의사 친구가 있어요. 그는 광기에 대한 셰익스피어의 묘사가 임상적 관점에서 보면 절대적으로 완벽한 설명이라고 주장해요"라고 답했다. 작가의 역할이 그런 것을 캐치해서 먼저 작품을 만들어내고, 사람들이 그걸 느끼게 만들어주는 역할을 해야 된다는 이야기인데, 그런 데 있어서 아까 얘기한 것처럼 논문이나 다른 텍스트하고는 달라야 되는 것 같다.

정_ 그게 개인화 작업이다.

지_ 개인의 사연.

정_ 그걸 짊어지고 사람들 앞에 나타날 용자가 필요하다는 거지. 거시적 이야기든, 미시적 이야기든, 그 이야기 자체가 한 개인을 통해서 구현돼야 한다는 의미다. 그게 개인화 작업이다.

지_ 수백 만 명의 죽음은 통계고, 사연이 있는 한 사람의 죽음은 다르게 느껴진다는 말처럼 이야기의 힘은 거기서 나오는 게 아닐까 싶기도 한데.

정_ '5·18 한가운데 있었던 소년과 소녀.' 이런 식의 개인화를 통해서 5·18을 이야기하는 게 소설이다. 역사나 정치적 틀에서 얘기하면 논문이나 자료가 된다. '서사화할 수 있느냐, 없느냐'와 '개인화시킬 수 있느냐, 없느냐'는 동의어라고 보면 된다.

지_ 자기 소설의 캐릭터 중에서 소설가가 된다면 누가 가장 빼어난 소설가가 될 거라고 생각하나?

정_ 내 캐릭터 중에서…… 아마도 한유진이 아닐까 싶은데. 워낙에 거짓말 선수니까. 상상력도 뛰어난 데다, 자기 자신마저 속여 넘길 수 있는 내공도 있고, 감정조절도 잘하고. 성공을 하려면 냉정한 구석도 있어야 하고. 이수명도 자질이 있을 것 같긴 하다. 서재형은 소설을 쓰기엔 너무 착하고. 악당의 자질도 가지고 있어야 악인의 세계를 이해할 수 있지.

지_ 한유진은 어떤 유형의 소설가가 됐을 것 같나?

정_ 음…… 나 같은 유형?(웃음) 내가 걔 안으로 들어가서 썼으니, 아무래도 나와 비슷한 소설을 쓰지 않을까, 싶다. 그러니까 사고를 치지 않고 소설가가 됐다면. 실제로 성격테스트나 심리검사를 해보면 나는 썩 착한 유형으로 분류되지 않는다. 감정적으로 냉정하고 무신경한 유형에 가깝다. 좀 뜻밖의 결과라(나도 내 자아에 대한 나름의 이미지와 자긍심이 있기 때문에) 인지 부조화가 왔다. 내가 정말로 그렇다고? 그럴 리가. 이거 죄다 사기잖아. 조금 시간이 지나 찬찬히 생각해볼 여유가 생기자 '그게 사실이라면, 내 자아를 재정립해야 하는 거 아닌가?' 하는 마음이 들었다. 그런 점이 나를 소설가로 이끌지 않았을까 하는 생각(이라 읽고 합리화라고 부른다)도 들고.

4부

초고

어차피 90프로를
버릴 원고

1

시작과 결말

초고에서
버리지 않는 부분

지_ 이제 초고를 쓸 때가 되지 않았나? 소재, 개요, 자료조사, 공간과 시간설정, 캐릭터 구축까지 했으면.

정_ 맞다. 초고를 쓸 차례다. 그런데 아직까진 노트북을 열지는 않는다. 볼펜을 들고 노트에다 쓴다.

지_ 볼펜과 노트라…… 문구 값도 꽤 들겠다.

정_ 문구 수집이 취미다. 머릿속이 심란해지면 동네 문구점에 가서 이것저것 마구 사들이며 가산을 탕진한다. 내 방 책장엔 여행을 갈 때마다 사들고 온 노트와 스케치북이 수십 권씩 있다. 책상 서랍은 색연필, 견출지, 메모지 같은 것들로 꽉 차 있다. 다만 필기도구는 잘 안 바꾼다. 독자에게서 선물 받은 그라폰 볼펜을 애지중지하며 쓰고 있다. 다 쓴 리필 심지만 상자로 가득이다. 학교 때 공부를 그렇게 열심히 했으면 서울대 갔을 거다.

지_ 볼펜으로 노트에다 초고를 쓰면 수정하기가 힘들지 않나?

정_ 어차피 90프로를 버릴 원고다. 차마 원고라고 말하기도 어려운 수준이고. '일필휘지'로 막 쓰는 거라서. 대가의 일필휘지가 거침없이 비상하는 새라면, 내 일필휘지는 알이거든. 부화하는 데만도 한세월이 가야 한다.

지_ 알이든 뭐든, 일필휘지라면 빨리는 쓰겠다. 초고를 끝내는 데 얼마나 걸리나.

정_ 그렇다. 빠르면 한 달, 길어도 석 달이다. 음식에 유효기간이 있듯 이야기도 그렇다고 믿는다. 상상력이 뻗쳐 가는 대로, 눈썹이 휘날리도록 빨리 쓴다. 초고는 완성도가 문제되지 않는다. 나 말고 누가 내 초고를 보겠는가. 말이 되든 말든, 유치하든 말든, 머리가 활활 타오를 때 말 그대로 뚝딱 해치워버린다. 이 과정은 광기 비슷한데 소설을 쓰는 전 과정에서 자주 경험하지 못한다. 이야기의 토대를 만든다는 점에서도, 나 자신을 위해서도 소중한 시기다. 제대로 굴러만 가면 두려움과 막막함이 줄어드는 시기이기도 하다. 그래, 나 이거 쓸 수 있을 것 같아.

지_ 등단한 지 10년이 됐다. 장편만 다섯 권을 냈고, 등단 전 출간한 소설까지 합하면 여덟 권인데 아직도 소설 쓰기가 두렵고 막막한가?

정_ 내 경우는 그렇다. 소설을 쓰는 동안 세 가지 두려움에 시달린다. 초고를 시작하기 직전엔, 두려움을 넘어 막막하기까지 하다. 알래스카 설원에 꽃삽 하나 들고, 그걸로 도시를 건설하겠다고 나선 기분이다. 나 자신이 너무나도 의심스럽다. 내가 과연 이걸 할 수 있을까? 초고를 끝내고 본격적인 작업에 들어가면, 정말로 의심스럽다. 과연 이걸 끝낼 수 있을까? 퇴고를 하고 나면, 세상에 나가 어떤 평가를 받을지 두렵다. 모든 일이 다 그렇겠지만, 글쓰기도 결국 나 자신과의 싸움이다. 두려움과 의심의 압박을 이겨내야 한다. 이겨내지 못하면 펜을 놔야 한다.

주인공의 실패인가, 성공인가,
아니면 아이러니인가.
어느 쪽을 선택하든 주인공의
삶은 이야기가 시작될 때와
완전히
달라져 있어야 한다.

지_ 앞서, 초고에서 버리지 않는 부분이 시작과 결말이라고 했다. 그렇다면 제아무리 초고라 해도 그 부분은 고민깨나 할 것 같은데. 시작 장면은 어떤 식으로 만드는가?

정_ 앞에서 이야기는 '변화'에 대한 것이라고 말했다. 그것도 주인공의 삶을 뒤흔들고 인생경로를 바꾸어놓는 문제로 인한 변화. 그러므로 이야기의 문은, 특별한 경우가 아니라면, 주인공이 열도록 해야 한다. 나는 주인공이 중대한 문제와 맞닥뜨리기 직전에 시작하는 걸 선호한다. 일상이 평온하게 흘러가고 있다고 믿는 순간, 모든 일이 예정대로 진행되고 있다고 믿고 있는 순간에. 예를 들어 평범한 회사원인 주인공이 퇴근길에 교통사고를 당하면서 일어나는 이야기를 다룬다면, 시작은 그날 퇴근 직전이 될 것이다. 연인에게 예상치 못했던 결별선언을 듣고 난 후부터 그 혹은 그녀의 스토커가 되는 이야기를 다룬다면, 시작은 그날 데이트 장소로 가는 장면이 될 것이다. 많은 작법서들이 '사건 한복판에서 시작하라'고 가르치고 있기는 하다. 그래도 나는 반 박자 빨리 시작하는 편이 좋다.

지_ 하지만 결말은 시작을 정하는 것보다 훨씬 어려울 것 같다. 시작은 물론, 과정까지 알아야 끝도 상상할 수 있지 않을까.

정_ 사건이 어디로 흘러갈지만 생각한다면 당연히 어렵지. 하지만 소설은 사건이 전부가 아니다. 내 경우 사건은 표면플롯에 속한다. 거듭 말하지만, 심층플롯의 핵심은 주인공이 겪는 외적 내적 변화다. 이 변화로 인해 행동을 하게 되고 행동이 이야기를 끌고 나가는 것이므로 두 차원의 플롯은 동전의 앞뒷면과 같다. 주인공의 목표와 이야기의 목표는 결국 한 덩어리라는 얘기다.

결말을 정하려면 먼저 주인공의 욕망이 무엇인지 알아야 한다. 사회적 욕망이든, 내적 욕망이든, 성적 욕망이든, 그것이 주인공의 인생을 뒤집어놓는 욕망이라야 한다. 그것도 원상복귀가 불가능한 수준으로. 두 번째로, 욕망을 이루지 못했을 때, 즉 목표달성에 실패했을 때 잃는 것이 무엇인가를 알아야 한다. 가장 중요한 것을 잃어야 한다. 잃는 것이 사소하다면 이야기도 사소해질 가능성이 크다. 전 재산이 백만 원인 사람이 만 원을 잃는다 해서 인생이 뒤집히는 것은 아니니까.

반대로 목표를 달성한다면, 이때에도 삶이 뒤집히는 변화가 있어야 한다. 아무것도 바뀌지 않으면, 아무 일도 일어나지 않은 것이다. 그 과정에서 얼마나 스펙터클한 사건들이 있었는가와는 상관없이.

둘 다 취할 수도 있다. 흔히들 '아이러니 결말'이라고 부른다. 주인공은 목표달성에 성공했으나 그 대가로 가장 중요한 것을 잃는다.

이제 따져보고 선택하면 된다. 이야기의 진실과 작가가 전하려는 주제에 가까운 것이 무엇인가. 주인공의 실패인가, 성공인가, 아니면 아이러니인가. 어느 쪽을 선택하든 주인공의 삶은 이야기가 시작될 때와 완전히 달라져 있어야 한다.

2

이야기의 톤

자신의 직관을 믿어라

지_ 소설마다 이야기하는 톤이 다른 것 같다. 《내 인생의 스프링 캠프》가 경쾌한 목소리라면, 《내 심장을 쏴라》는 절박하다. 《7년의 밤》은 무겁고, 《28》은 뜨겁고, 《종의 기원》은 차갑다. 전체 느낌이 그렇다는 거다. 이야기의 톤은 초고 때부터 만들어지는 건가, 아니면 거듭 수정하는 과정에서 어떤 색채를 띠게 되는 건가?

정_ 인물의 연령대, 화자의 성격, 장르 등 몇 가지 고려사항이 있지만 가장 중요한 건 작가의 직관이다. 처음에 소재를 선택할 때 감이 온다. 어떤 목소리를 내야 하는지, 어떤 분위기를 만들어야 하는지. 확신을 얻는 건 설정을 할 때이고. 《내 심장을 쏴라》는 정신병원 폐쇄병동에 갇힌 불운한 청춘들의 이야기다. 이야기 속 현실은 우울하게 진행되지만 결국은 희망을 말하는 소설이다. 판단하기에, 우울한 이야기를 최대한 우울하지 않게 쓰는 게 관건이었다. 독자가 끝까지 읽을 수 있게 하려면. 그래서 택한 전략이 블랙유머다. 화자인 수명은 '깐죽거림'의 대가다. 자신의 아버지, 또 다른 주인공인 승민, 병동 동료들, 병원 직원, 자기 자신까지 서슴없이 조롱의 대상으로 삼는다. 여기에 청춘 특유의 톡톡 튀는 느낌을 입혀보려 애썼다. 경쾌함이 느껴진다면, 아마 그 때문일 것이다.

이야기의 톤은 장르만큼이나 분명하게 이야기의 성격을 규정한다. 《28》의 주인공 서재형이 깨방정을 떨고 설레발을 치면서 개들을 구조하러 다닌다고 상상해보라. 상상이 되기는 하는가? 만약 진지한 톤을 코믹한 톤으로 바꾼다면, 모든 것을 처음부터 다시 설계해야 한다. 배경설정, 캐릭터, 플롯, 화자의 목소리……

　경험에 따르면 처음에 느낀 '감'이 대체로 정확하다. 지금껏 첫감을 바꾼 적이 없는 걸로 보아 '맞다'고 해도 될 것 같다. 실토하자면, 맞는지 의심해본 적도 없다. 이 부분만큼은 나를 믿는 편이다.

3

플롯

어떤 사건을
절정에 배치할까

지_ 초고를 쓰고 난 후에야 플롯을 만든다고 들었다. 언뜻 이해가
되지 않는다. 본래 이야기를 쓰기 위해 만드는 것이 플롯 아닌가?

정_ 그 이야기를 하려면, 먼저 플롯이 무엇인지 얘기하는 게 순서
일 것 같다. 아는 것 같은데 막상 설명하려면 혼란스러워지는 것이
플롯이 아닐까 싶다. 로널드 B. 토비아스는 플롯이란, 작품 속에 들
어 있는 '사건들의 배열'이라고 말한다. 배열의 기준이 되는 것은 두
말할 것도 없이 이야기의 목적이다. 정리하면 '작품 속에 목적에 맞
게 배열한 사건들의 흐름' 정도가 될까. 따라서 작가가 플롯을 짜
지 않고 썼다 해도 흐름이 또렷하게 파악되는 작품이 있고, 미리
완벽하게 플롯을 짜고 써도 흐름이 지지부진할 수도 있다.

'이야기는 등장인물의 삶으로부터 선택된 일련의 사건들로 구성된다'고 했다. 주인공이 이야기라는 무대에 등장할 때, '그 인물은 과거의 삶부터 미래의 가능성까지 자신의 모든 것을 가지고 온다'는 것이다. 작가는 이중 몇 순간을 선택해서 이야기로 구성해야 한다. 어떤 사건에서 시작해 어떤 사건으로 이야기의 방향을 바꿀 것인가. 어떤 사건이 주인공을 적극적인 행동에 나서도록 할 수 있을까. 어떤 사건으로 주인공의 내면을 변화시키고 새로운 선택을 하게 만들까. 어떤 사건을 절정에 배치해야 가장 큰 폭발력을 갖는가.

반복하지만, 선택이 적절하려면 이야기의 목적이 분명해야 한다. 사건들의 의미를 설명 없이 드러내 보일 수 있을 만큼. 그래야 선택된 사건들 사이에 일관성과 연계성이 생긴다.

내가 플롯보다 초고를 먼저 쓰는 이유가 그것이다. 선택을 잘하려면, 선택할 재료부터 마련해야 하지 않겠나. 그러니까 '선초고 후플롯'은 선택을 잘 해보겠다는 나름의 안간힘인 셈이다.

지_ 초고로 플롯을 만드는 과정을 소개해달라. 언어듣기로 카드 작업을 한다던데.

정_ 우선 써놓은 초고를 장면별로 잘라 표시한다. 장면은 공간이나 시간이 달라진다고 해서 바뀌는 건 아니다. 연인과 전화를 하면서 집을 나와 지하철을 타고, 사거리를 하나 걸어서 회사 사무실까지 온 후 전화를 끊었다고 하자. 둘의 통화가 하나의 장면으로 완결되려면, 전화를 시작할 때와 끊었을 때, 이야기에 영향을 미치는 어떤 변화가 있어야 한다. 이 변화는 다음 장면을 위한 연결고리가 된다.

두 번째, 자른 장면을 에피소드와 사건으로 분류해놓는다. 만약, 헤어진 연인을 스토킹하는 이야기를 쓴다면, 이 통화는 둘의 관계에 균열이 오는 사건으로 작용해야 한다. 그렇지 않다면 제아무리 재미있어도 이 장면은 사건으로 성립되지 않는다. 에피소드다. 물론 에피소드가 필요 없다는 건 아니다. 우리 몸이 건강하려면 지방과 근육이 고루 필요하듯, 사건과 에피소드도 적정비율로 존재해야 한다. 사건만 나열하면 이야기가 앙상해지고, 에피소드만 모아놓으면 이야기가 앞으로 나아가지 못한다.

세 번째, 장면들을 순서대로 요약해 카드(기왕이면 고리로 끼워 쓰는 큼직한 카드를 좋다)에다 요약 정리한다. 한 장면당 카드 한 장 꼴로. 이 과정은 자신이 쓴 이야기를 다시 숙지하는 과정이기도 하다. 혹시 이렇게 물을지도 모르겠다. 아니, 자기가 써놓고 자기가 잘 모른단 말이야? 대답은 '잘 모른다'이다. 이상하게 생각할지 모르지만, 한 번 쓴 걸로는 스토리를 장악하기 어렵다. 볼 때마다 새삼스럽기까지 하다. 아, 이런 얘기도 있었구나.

네 번째, 사건과 에피소드를 적절히 배열하면서 순서를 만든다. 초고는 시간순차로 쓰기 때문에 장면의 재배치를 통해 이야기의 흐름을 잡는 것이다. 이때 장 설계를 함께 해둔다. 프롤로그, 장, 부, 에필로그 식으로. 필요하다면 프롤로그나 에필로그를 생략할 수도 있다. 전체 이야기에서 사건의 방향이 가장 크게 굴절되는 변곡점을 부로 정해둔다. 큰 틀에서 하나의 사건이 마무리되는 지점은 장. 서브플롯은 메인플롯이 열린 다음에 시작하고, 메인플롯이 닫히기 전에 마무리한다. 서브플롯이 여러 개라면 중요도가 높은 순으로 먼저 시작하고, 중요도가 낮은 순으로 먼저 마무리한다. 서브플롯이 모두 마무리되지 않으면 이야기가 정리된 느낌을 갖기 어렵다.

여기까지 끝나면 첫 번째 플롯이 완성된 것이다. 이 플롯은 수정을 할 때마다 매번 바뀐다.

《28》, 정유정 장편소설,
은행나무, 2013

《28》은 복합플롯이
아니고는 답이 없었다.
나는 머리를 땋듯,
서브플롯 여섯 개를
가닥가닥 꼬아
하나의 메인플롯으로
만들겠다는
계획을 세웠다.

지_ 여러 개의 서브플롯을 갖는 작
품으로 《28》이 대표적일 것 같은데,
이렇게 복잡한 구조를 선택하는 기
준은?

정_ 우선 이야기의 규모가 기준이
된다. 개요를 쓰고 나면 사이즈가 대
략 나온다. 단일플롯을 써야 할 이야
기인지, 아닌지. 주인공의 내면이나
심리가 중요한 소설은 단일플롯이
집중하기에 좋은데, 가끔 서브플롯
이 필요할 경우도 있다. 《종의 기원》
이 그런 예다. 나는 주인공의 살인행
각이나 경찰의 사건수사를 단순화시
키는 대신, 순수 악인으로 진화해가
는 주인공의 내면을 전면에 세웠다.
목적이 그의 내면을 보여주는 것이
었기 때문이다. 그런데 주인공의 서
술만으로는 이야기에 입체감이 살지
않았다. 중심플롯에 음영을 부여하
고, 주인공이 서술할 수 없는 사각지

대를 보여줄 장치가 필요했다. 그래서 어머니의 일기라는 서브플롯을 하나 만들기로 했다.

사각지대가 많아 다중 시점이 필요한 이야기라면 애초부터 복합플롯을 구상한다. 《28》은 복합플롯이 아니고는 답이 없었다. 나는 머리를 땋듯, 서브플롯 여섯 개를 가닥가닥 꼬아 하나의 메인플롯으로 만들겠다는 계획을 세웠다. 아마 육체적으로 가장 고생한 소설이 아닌가 싶다. 초고 분량만도 어마어마했고 서술 순서나 사건 순서를 수도 없이 재배열했으니까. 그나마도 통째 버리고 다시 써야 했다. 플롯 작업을 시작한 후에야 깨달았는데, 나는 소설을 쓴 것이 아니었다. 인수공통전염병에 대한 의학 리포트를 썼더라. 초고를 쓰면서 이야기의 목적이 흔들렸던 거다. 다른 소설보다 자료조사를 많이 했는데, 얻은 지식을 모조리 욱여넣었다. 가장 굳건해야 할 메인플롯이 가장 흐물흐물했다. 이야기가 삼천포로 간 건 말할 것도 없고. 지금껏 이야기의 '목적', 주인공의 목표를 반복해 말한 이유가 바로 거기에 있다. 목적이 흔들리면 호된 대가를 치러야 한다.

지_ 메인플롯이 가장 군건해야 한다고 했는데, 이 역시 주인공처럼 어떤 자격이 있는가?

정_ 메인플롯은 첫 페이지에서 시작된 문제를 결말로 진행시킬 수 있는 힘을 가져야 한다. 주인공이 간단하게 포기할 수 있는 문제는 메인플롯으로 적절하지 않다. 이야기에 동력이 없으니까. 반면 서브플롯은 메인플롯과 엮이거나, 보조하는 역할을 맡는다. 서브플롯이 메인플롯보다 더 힘이 있으면, 메인플롯의 문제를 재검토하거나 아예 둘을 바꾸는 것도 고려해봐야 한다. 반대로 서브플롯이 메인플롯과 관계없이 독립적이면 이야기가 파편화되기 쉽다.

첨언하면, '갈등' 역시 마찬가지다. 메인플롯을 관통하는 큰 갈등이 하나 있어야 하고 서브플롯에 드러나는 각각의 갈등도 있어야 한다. 각 장마다 드러나는 갈등들이 있어야 하고, 또 장면 장면마다 드러나는 작은 갈등도 있어야 한다. 그렇다고 모든 순간을 갈등과 대립으로 채워야 한다는 건 아니다. 중요한 것은 리듬이다. 더하여 순간적인 갈등은 일회용으로 소진되기 때문에 진정한 동력으로 작용하지 못한다. 갈등이 개연성을 얻고 동력으로 작용하려면 인과관계를 바탕으로 섬세하게 설계해야 한다.

갈등도 사회적 차원의 갈등, 개인적 차원의 갈등, 자기 자신과의 갈등 등 여러 종류가 있다. 설계 방식 역시 다양하다. 문제의 대립항을 만들 수도 있고, 기대를 배반하게 만들 수도 있으며 내면의 목소리와 충돌하게 만들 수도 있겠다. 이 모든 걸 다 사용하기도 한다.

5부

1차 수정

그 장면이 필요 없다면
과감히 지워라

지_ 시작부터 플롯 작업까지 보통 얼마나 걸리나. 아직 본격적인 작업 이전인데도 시간이 꽤 걸릴 것 같은데.

정_ 짧아야 6개월이다. 멍청한 짓을 해서 엎고 다시 써야 할 땐 일 년씩 잡아먹기도 한다. 다작을 못하는 결정적인 이유이다. 생각도 많이 해야 하고, 몸도 많이 써야 한다. 미련한 짓이지만 달리 도리가 없다. 기초 작업을 탄탄히 해놔야 본 작업에 들어갔을 때 그나마 덜 고생하니까. 내게는 이게 최선이다.

지_ 본 작업을 시작하면 처음부터 새로 쓰는 것인가. 아니면 초고를 옮겨놓고 고쳐가는 방식인가.

정_ 새로 시작한다. 아니 그럴 수밖에 없다. 초고에선 인물 간의 대사를 직접화법으로 쓰지 않는다. 시종 간접화법으로 일관한다. 그가 ~라고 말했다, 그녀가 ~라고 말했다, 꼬마가 ~라고 대답했다, 이런 식으로. 묘사도 거의 없다. 대부분 설명문인데, 문장은 거칠고, 은유는 식상하고, 상징은 유치하고, 오문 비문의 향연인 데다, 논리까지 엉성하다. 이야기의 톤도 균일하지 않다. 차라리 세탁기 사용설명서가 유려할 지경이다. 초고를 썼다는 사실은 그냥 잊어버린다. 플롯을 건졌다면 초고의 임무는 끝난 거다.

지_ 새로 시작한다면 초고와는 다른 이야기를 쓰는 것인가.

정_ 그렇기도 하고 아니기도 하다. 이야기의 핵심은 변하지 않는다는 점에서 아니다. 시작과 끝만 제외하고, 나머지 장면들을 완전히 새로 쓴다는 점에서는 그렇다. 말하자면 그 장면이 품고 있는 의미를 제외한 나머지를 업그레이드하는 것이다. 가령, 초고에서 교통사고로 주인공이 다리를 다치는 장면이 나왔다면, 이 장면이 존재하는 의미가 무엇인가 생각해야 한다. 즉, 교통사고인가, 아니면 주인공의 다리부상인가. 교통사고라면, 다리가 아닌 팔이나 엉덩이로 바꾸는 것도 고려할 수 있을 것이다. 다리부상이라면, 교통사고 대신 낙상사고라든가, 추락사고로 바꿀 수도 있을 테고. 이런 수고를 해야 하는 이유는 내 머리를 믿을 수 없기 때문이다.

초고는 가장 먼저 떠오르는 생각을 쓴 것이다. 가장 먼저 떠오른다는 건 영감이라기보다 내 의식 표면에 깔린 이야기에 가깝다. 이는 단기기억에 들어 있었다는 건데 대개 어딘가에서 읽었다든가, 봤다든가, 들었을 공산이 크다. 의심 없이 쓰기엔 리스크가 크다. 상투성은 물론이고, 의도치 않은 표절이 될 수도 있다. 표절은 작가가 가장 신경 써야 하고, 또 신경이 쓰이는 부분인데 버전을 자꾸 갱신하다 보면 위험도가 낮아진다. 또 갱신하는 과정에서 고민하고 생각하다 보면 생각지도 못한 기발한 아이디어들이 튀어나온다. 논리도 더 치밀해진다. 내 경우 한 장면당 서너

개 정도의 업그레이드 버전을 만든다. 대개는 최종본이 가장 낫지만 아닌 경우도 있다. 그럴 땐 돌아가서 다시 작업하면 된다.

지_ 출간한 소설 대부분에 프롤로그가 있었다. 다른 것들처럼 이 역시 존재 이유가 있을 텐데. 프롤로그는 본문에 어떤 영향을 미치나. 그리고 어떤 장면이 프롤로그로 선택되나.

정_ 굉장히 다양한 이유들이 있다.《내 심장을 쏴라》는 주인공에게 이야기할 무대를 마련한다는 의미가 있었다. 에필로그에서도 같은 목적으로 같은 무대에 등장시켜 소설을 마무리 지었다.《7년의 밤》은 이 소설이 '무엇에 대한 이야기인가'를 알려주는 프롤로그였다.《28》은 앞으로 펼쳐질 주인공의 행로를 이해시킬 목적으로 프롤로그를 썼다.《종의 기원》은 좀 특이한 경우인데, 외전의 성격을 띤 프롤로그다. 그런 게 왜 필요했느냐고? 본문의 첫 장면이 줄 충격을 줄일 필요가 있었다. 인상적인 서두도 좋지만, 그렇다고 독자를 곧장 얼음구덩이로 밀어버릴 필요는 없으니까. 프롤로그가 완충제 역할을 해주길 바랐다. 어떻게든 주인공에 대한 호감도를 확보해보려는 고육지책이기도 했고. 본시 프롤로그는 그런 역할들을 한다. 그 자체로 큰 의미를 가질 수도 있지만 본문과 전혀 무관한 하나의 이미지일 수도 있다. 광고처럼 짧고 감각적인 경우도 있고, '전체의 대강'을 보여주는 예고편일 수도 있고. 에필로그는 후

초고는 가장 먼저 떠오르는
생각을 쓴 것이다.
가장 먼저 떠오른다는 건
영감이라기보다
내 의식 표면에 깔린 이야기에
가깝다.
이는 단기기억에 들어
있었다는 건데 대개
어딘가에서 읽었다든가,
봤다든가, 들었을 공산이 크다.

일담, 혹은 이야기의 마무리라는 성격을 띠지만, 프롤로그는 딱히 어째야 한다는 규칙이 없는 것 같다. 그러니 작가의 직관대로 하면 된다.

정신보건심판위원회—2:00 PM

정신보건심판위원회는 오전 9시에 시작됐다. 심사 대상자는 일곱 명, 한 사람당 심리시간은 30분이었다. 유례없이 긴 시간이었다. 국가인권위원회에서 참관한 현장 심사라 그랬을 것이다. 보통은 5분을 넘기지 않는 걸로 안다. 그나마 받을 수 있다면 행운이다. 대부분은 서면 심사만으로 '계속 입원' 통보를 받는다. 정신병원에 강제 수용된 자가 스스로 자유를 찾을 수 있는 유일한 길이 책상머리에서 사라진다는 얘기다. '현장 심사 30분'은 신의 선물'과 동의어인 셈이다. 나는 일곱 번째 수혜자였다.

2시, 심사장으로 들어섰다. 정면에 긴 다갈색 탁자가 놓여 있고 다섯 사람이 앉아 있었다. 문을 닫자 시선들이 일제히 내게로 향했다. 불안이 밀려왔다. 기시감이 따라왔다. 심사장은 오래전, 세 가지 죄목으로 기소된 한 미친 사내가 오들오들 떨며 서 있던 어느 법정 풍경과 비슷했다.

누군가 앉으라고 말했다. 의자는 바로 내 앞에 있었다.

"오래 기다렸을 텐데 지루하지 않았어요?"

왼쪽 끝에 앉은 여자가 물었다. 그녀 앞에 놓인 종이 명패를 보며 나는 고개를 저었다. '정신과 전문의 박혜신'이라 씌어 있었다. 옆에 앉은 초로의 남자는 임상심리의, 중앙에 자리한 중년여자는 시 보건복지국장으로 이 심사위원회의 위원장이었다. 그 옆이 변호사인 안경잡이 남자, 오른쪽 끝자리 남자는 국가인권위원회 소속으로 그들 중 가장 젊었다. 다섯 사람 뒤로 큰 창문이 나 있었다. 창밖에선 떡갈나무 우듬지가 비바람에 몸을 떨었다. 먹구름은 잿빛 눈으로 방 안을 들여다봤다.

"이수명, 남자, 1980년 서울 출생."

변호사가 서류를 뒤적이며 말문을 열었다.

"공주감호소에서 2년을 지냈군요. 출소 후 2년 동안 병원 네 곳을 돌아다녔고……."

《내 심장을 쏴라》, '프롤로그'에서

나는 내 아버지의 사형집행인이었다.

2004년 9월 12일 새벽은 내가 아버지 편에 서 있었던 마지막 시간이었다. 그땐 아무것도 몰랐다. 아버지가 체포됐다는 사실도, 어머니의 죽음도, 밤사이 무슨 일이 일어났는지도. 막연하고도 어렴풋한 불안을 느꼈을 뿐이다. 아저씨의 손을 잡고 두 시간여 숨어 있던 세령목장 축사를 나선 후에야, 뭔가 잘못됐다는 확신이 왔다.

목장 길 진입로를 경찰차 두 대가 차단하고 있었다. 붉고 푸른 경광등 빛은 오리나무 숲에 피멍을 들이며 돌았다. 빛의 층위로 날벌레들이 날았다. 하늘은 아직 어두웠고, 안개가 짙었고, 나는 축축한 새벽공기 속에서 떨기 시작했다. 아저씨는 휴대전화를 내 손에 쥐여주며 잘 간직하라고 속삭였다. 경관은 우리를 경찰차에 태웠다.

차창으로 혼란스러운 풍경이 지나갔다. 부서진 다리와 물에 잠긴 도로, 폐허가 된 거리, 뒤엉킨 소방차와 경찰차와 구급차, 검은 상공을 도는 헬리콥터. 세령댐 저지대라 불리던 마을, 우리 가족이 2주 동안 살았던 동네가 무저갱으로 변해 있었다. 무슨 일이 일어났을까.

나는 묻지 못했다. 아저씨를 쳐다보지도 못했다. 무서운 이야기를 들을까봐 겁이 났다. 경찰차는 S시의 한 경찰서에서 멈췄다. 한 경관이 아저씨를 복도 끝으로 끌고 갔다. 다른 경관은 나를 반대편으로 데려갔다. 작은 방에 두 형사가 기다리고 있었다.

"네가 겪은 일만 말하면 된다."

파란셔츠를 입은 쪽이 말했다.

"누구한테 들은 얘기나 네 상상이 아니라. 알아들었지?"

《7년의 밤》, '프롤로그'에서

베링 해가 훅, 사라졌다. 백색 어둠이 그 자리를 채웠다. 바람이 눈발을 휘몰며 불어치고 암벽 같은 빙무가 세상을 가뒀다. 성미 사나운 북극 마녀, 화이트아웃이었다. 재형은 질끈, 눈을 감아 버렸다.

흔한 일은 아니지만 특별한 일도 아니었다. 질주하는 썰매에 선 채로 졸다 뒤로 나가떨어지는 일쯤이야. 뒤통수를 찧고 눈을 뜬 뒤 황야에 홀로 버려진 자신을 발견하는 일도, 주인 없이 내달릴 개들을 떠올리며 망연자실하는 일 역시. 아이디타로드에서는 그렇다. 밤낮없이 설원을 달리는 새에 일어나는 수많은 일 가운데 하나였다. 화이트아웃 속에서는 구조를 기대할 수 없다는 게 좀 더 불운했을 뿐.

눈뜨기 직전만 해도 그는 베링 해를 달리고 있었다. 자신의 개썰매팀 '쉬차'를 몰고, 이 기나긴 경주의 결승점인 '놈(Nome)'의 프런트 스트리트로 질주하는 중이었다. 스승 누콘과 함께 지원 차량에 타고 앞서 갈 마야를 떠올리면서.

마야는 '아이디타로드 키드'였던 그를 '선수'로 키운 최고의 썰매개였다. 지난 수년, 그의 파트너로 북미의 설원을 누빈 쉬차의 1대 선도견이었다. 쉬차의 구성원인 16마리 썰매개의 어미이자 할미였다. 눈빛으로 말하는 법을 가르친 그의 노쇠한 연인이었다. 놈으로 입성하면 그는 가장 먼저 그녀에게 달려가 끌어안고, 눈 맞추고, 속삭일 참이었다.

"마야, 네 아이들이 돌아왔어."

꿈에서 깨어 꿈길을 되짚고 있는 지금 여기는 베링 해가 아니었다. 손목시계의 나침반이 알리는바, 유콘 강 북쪽 어디쯤 같았다. 이글아일랜드를 출발한 새벽의 기억마저 꿈이 아니라면 말이지만. 이제 선택해야 했다. 죽치고 앉아 쉬차가 돌아오기를 기다리거나, 쉬차를 찾아 저 백색어둠 속으로 떠나거나. 어느 쪽도 재회할 가망은 없어 보였다. 쉬차는 돌아오지 않을 것이다. 달리기를 멈추고 자신이 찾아오길 기다리지도 않을 것이다. 그들은 한 가지 일만 하도록 훈련받은 존재였다. 앞으로, 앞으로, 계속 달리는 것.

《28》, '프롤로그'에서

태양이 은빛으로 탔다. 5월의 여울 같은 하늘 아래로 떠구름이 졸졸 흘러갔다. 성당 안뜰을 에워싼 설유화 꽃가지들 속에선 휘파람새가 울었다. 나와 형은 자신의 세례명이 적힌 촛불을 들고 장미나무 아치문 안으로 들어섰다. 성가대 축가에 발을 맞추면서 십자고상 밑에 마련된 야외 제단으로 나란히 걸어갔다.

사랑의 예수님
내 모든 삶을 참 아름답게 만드시네.
사랑의 손길로

1차 수정—그 장면이 필요 없다면 과감히 지워라 | *219*

내 모든 삶을 참 아름답게 만드시네.

흰 복사 옷에 붉은 모자를 쓴 소년들과 흰 드레스에 설유화 화관을 쓴 소녀들이 둘씩 짝을 지어 나와 형의 뒤를 따랐다. 제단 앞에선 주임신부와 보좌신부가 행렬의 도착을 기다리고 있었다. 축복의 날이었다. 성모성월의 마지막 주일이었다. 성당 안뜰에서 야외 미사가 열린 아침이고, 첫영성체 의식이 시작되던 순간이었다. 열 살인 형과 아홉 살인 나와 스물두 명의 아이들이 의식의 주인공이었다.

미사에 참석한 사람들은 모두 뒤돌아서서 주인공들의 입장을 지켜보았다. 나와 형의 대부인 외할아버지는 앞자리에서 환하게 웃고 있었다.

가족석에 자리한 어머니와 아버지의 눈길은 주인공들의 대표인 형의 걸음걸음을 따라 움직였다. 가끔 어머니가 나를 봤으나, 내가 촛불이 흔들릴 정도로 떨고 있다는 사실은 눈치채지 못했다. 시선은 무심하게 왔다가 형에게 곧장 되돌아갔다.

《종의 기원》, '프롤로그'에서

지_ 초고가 이야기를 만드는 데 중점을 뒀다면, 수정은 무엇에 중점을 두나.

정_ 장면 간의 유기적 연결이다. 한 장면 안에서 하나의 사건이 기승전결의 구조로 완결되어야 하고, 이 장면은 다음 장면의 동기로 작용해야 한다. 무엇보다 하나의 장면이 이야기적 사건으로 성립돼야 한다. 그 장면이 있어야 하는 이유가 필요하다는 뜻이다. 이유가 없으면, 의미도 없고, 변화도 없다. 즉 아무 일도 일어나지 않은 거다. 해설을 위해 필요한 장면이라면 미련 없이 삭제키를 누른다.

　장면들을 하나로 묶는 '장'도 기승전결 구조가 돼야 한다. 각 장들은 부라는 틀 안에서 기승전결을 이뤄야 하고, 부의 목표가 또렷해야 한다. 한 여자아이가 부모의 반대를 무릅쓰고 죽도록 노력해 가수가 되는 이야기를 쓴다면, 세 개의 부와 목표가 필요할 것이다.

　　1부 목표: 부모의 반대에 저항해 가출을 한다.
　　2부 목표: 수십 번의 낙방 끝에 오디션에 합격해 연습생이 된다.
　　3부 목표: 연습생으로서의 고난을 극복하고 스타가 된다.

지_ 가장 쓰기 어려운 부분은 무엇인가.

정_ 당연히 절정의 장이다. 이야기가 진행되는 과정은 절정을 위한 여정이라고 해도 과언이 아니다. 플롯 역시 절정을 목표로 설계된다. 그러므로 절정은 반드시 주인공이 이끌어야 한다. 지금껏 쌓아올린 갈등과 인과관계가 한 방에 폭발하는 부분이자 주인공의 내면적 투쟁이 끝나는 순간이고, 주인공이 최후의 행동을 보여주는 장이다. 주인공은 도저히 그럴 수밖에 없는, 다른 식의 행동은 상상할 수 없는, 행동 이전의 삶으로는 돌아갈 수 없는, 중차대한 선택을 하게 된다. 돌이키거나 취소할 수 있다면 그것은 절정이 아니다. 더하여 절정에는 작가가 이야기를 통해 전하고자 하는 메시지가 들어 있어야 한다. 이 메시지는 '이야기의 영혼'이다. 작가가 서두에서 던진 질문에 답을 제시하는 장이기도 하다. 흔히들 '아하!'의 순간이라 부르는 장. 이 모든 점들을 염두에 두면서 상투적이지 않은 장면을 만드는 게 쉬운 일은 아니다. 원고 중 가장 마지막까지 만지작거리는 부분이 아닐까, 싶다.

지_ 시작과 결말은 미리 정해둔다고 하지 않았나? 결말과 절정은
다른 말인가?

정_ 결말이 곧 절정은 아니다. 절정은 결말과 일치할 수도 있고 일
치하지 않을 수도 있다. 《7년의 밤》의 경우, 절정은 최현수가 이끌
었으나 결말은 최서원이 마무리한다. 반면, 《종의 기원》은 절정이
곧 결말이다. 절정이 시작과 함께 구상돼 있었다는 얘기다. 그렇다
고 세부사항까지 결정해놓았다는 것은 아니다. 어떻게 해결할 것
이라는 큰 그림을 그려두었다는 의미지.

 참고로 결말을 쓸 때, 절대로 해서는 안 되는 짓이 있다. 우연
을 이용한 결말이다. 소설에서 우연적 요소가 나오지 않을 수는
없을 것이다. (사실 실생활은 소설보다 더 우연적인 요소가 많다.) 그
렇기는 하나, 모든 우연은 전개부 진입 이전에 나와야 한다. 우연
을 원인으로 써먹을 수는 있어도 결과가 돼서는 안 된다. 이를테
면 서커스 단원인 주인공의 목숨이 위태로워진 찰나에, 때마침
화가 난 코끼리단원들이 악당을 쓸어버린다든가…….

 나 역시 비슷한 실수를 저지른 적이 있다. 《내 심장을 쏴라》
를 쓸 때인데, 이수명과 류승민이 정신병원을 탈출할 때, 산사태
가 일어난다는 설정을 해두었다. 이것이 우연에 의한 해결법이라
는 걸 인식조차 하지 못했다. 결정적 순간에 산사태가 일어나기
위한 복선들을 까느라 정신을 쏟았을 뿐. 어느 정도 읽을 만하게

실수는 할 수 있다.
다만, 실수를 깨닫는 순간,
즉시 바로잡는
용기가 필요하다.
아무리 공사가 커도
망설이거나
회피해서는 안 된다.

'뭐 어때, 실제로 이런 일이
일어나잖아'라고 자신을
기만해서도 안 된다.
그건 해결책이 아니라 망하는
길이다.

됐다는 판단이 들어 원고를 후배에게 보냈다. 내 소설을 가장 먼저 모니터링 해주는 친구인데, 며칠 후 이런 질문을 보내왔다.

"산신령이 얘네를 도와준 거야?"

나는 멍청하게 입만 벙긋거렸다. 왜 여태 그걸 생각지 못했을까. 후배에게 부끄럽고, 나 자신에게 화가 났다. 발등에는 불이 떨어졌다. 그때가 세계문학상 공모 마감 한 달 전이었다. 이제 와서 결말부를 바꾼다면 대수술이 될 게 뻔했다. 깔아두었던 복선들을 모두 제거하고, 새로운 탈출방식을 생각해내야 하고, 그를 위한 설계를 새로 해야 할 테니. 과연 이 엄청난 공사를 마감기일 안에 마칠 수 있을까, 몸이 덜덜 떨릴 정도로 무서웠다. 차라리 미친 척 이대로 내버릴까, 싶은 유혹도 느꼈다. 하지만 결국 나는 대수술을 단행했다. 분명한 약점을 안고 공모전에 내느니, 온 힘을 다해 새로 쓰는 게 그나마 가능성이 있었기 때문이다. 미친 사람처럼 한 달을 보낸 보상으로 《내 심장을 쏴라》는 제5회 세계문학상 당선작이 되었다.

실수는 할 수 있다. 다만, 실수를 깨닫는 순간, 즉시 바로잡는 용기가 필요하다. 아무리 공사가 커도 망설이거나 회피해서는 안 된다. '뭐 어때, 실제로 이런 일이 일어나잖아'라고 자신을 기만해서도 안 된다. 그건 해결책이 아니라 망하는 길이다.

1

서술

그 세계를
어떻게 보여줄 것인가

문장은 이야기에 복무해야 한다

지_ 어느 작가는 첫 문장에서 소설이 시작된다고 하더라. 첫 문장 자체가 소설의 뮤즈가 된다는 얘긴데, 뭐 그 정도까지는 아니더라도 어느 작가나 가장 신경 쓰고 고민하는 부분인 건 분명한 거 같다. 당신이 생각하는 첫 문장의 요건은 무엇인가. 본인만의 기준이 있을 듯한데. 존 스타인벡은 '첫 줄을 쓰는 것은 어마어마한 공포이자 마술이며, 기도인 동시에 수줍음이다'라고 말하기도 했는데, 그만큼 첫 줄을 쓰는 자체가 어렵다는 얘기인 것 같다.

정_ 나는 분명 첫 문장으로 소설을 시작하는 작가가 아니다. 문장에서 어떤 영감이나 모티프를 얻는 쪽이 아니니까. 첫 번째로 쓴 문장이 첫 문장은 아닌 셈이다. 나는 첫 문장을 쓰는 게 아니라 찾는다. 작업을 하는 내내, 내 머릿속과 이야기 전체를 가닥가닥 훑듯이 찾는다. 당연히 쉽게 찾지 못한다. 심지어 이미 써놓고도 그게 첫 문장인지 모를 때도 있다. 《7년의 밤》이 그랬다. 초고를 끝낼 때까지 첫 문장을 찾지 못해 애를 태웠는데 기가 찰 만큼 엉뚱한 곳에 있었다. 말 그대로 '첫 번째 문장'에, 처음부터. 단지 내가 알아보지 못했을 뿐. 대신 동료가 알아봐줬다.

"첫 문장이 첫 문장인데, 뭘 고민해?"

설마…… 새삼스러운 마음으로 첫 번째 문장을 읽어봤다.

나는 내 아버지의 사형집행인이었다.

아마도 나는 내가 한 방에 첫 문장을 쓸 수 있다고 생각하지 못했던 것 같다. 그것 말고는, 이 문장을 스킵해버린 이유를 설명할 길이 없다. 내가 생각하는 첫 문장의 요건은 이렇다.

1. 소설의 줄거리나 분위기, 혹은 주제를 암시해야 한다.
2. 다음에 일어날 일에 대해 궁금증을 유발해야 한다.
3. 문장 자체로 강렬해야 한다.

그 외 (개인적 취향으로) 몇 가지 조건이 더 있다. 첫째, 단문이라야 한다. 주어+목적어+서술어로 구성된 기본 문장을 좋아한다. 둘째, 대사로는 시작하지 않는다. 대사로 위의 세 가지 조건을 충족시킬 재주가 없기 때문이다. 또 하나, 특별한 이유가 있지 않은 한, 풍경 묘사로 시작하지 않는다. 여기서 '특별한 이유'란 풍경 자체가 사건이 되는 경우다. 《28》이 그런 경운데, 알래스카 설원에서 블리자드에 갇힌 주인공을 보여주며 "베링 해가 훅, 사라졌다"는 문장으로 시작한다. 이어지는 문장도 눈보라에 휩싸여 세상이 시야에서 사라져버린 풍경 묘사다. 이는 소설이 진행되는

내내 눈보라가 칠 것이며, 주인공이 사는 도시가 블리자드 같은
무서운 재앙에 휩싸이리라는 예고이기도 하다. 내가 가장 좋아하
는 첫 문장은 이거다.

　　　너엄버 워어어언
　　　당시인의 너엄버 워어언
　　　패애애애앤

　스티븐 킹이 쓴 《미저리》의 첫 문장이다. 미치도록 사랑하는
작가를, 우연히 수중에 넣은 여자가 이 멋진 '선물'을 어떻게 갖고
노는지 보여주는 스릴러다. 이야기와 착 맞아떨어지는 첫 문장
아닌가? 넘버 원, 당신의 넘버 원 팬~. 나는 이 강렬한 첫 문장에
멱살을 잡혀 열 시간 동안 꼼짝하지 않고 다 읽어 치워버렸다. 읽
는 내내 숨쉬기가 힘들 지경이었다. 장면 장면마다 어찌나 긴장
되고 살 떨리는지. 책을 다 읽은 후, 애니 윌크스가 그랬듯, 나도
떨리는 목소리로 고백을 해야 했다.

　　　너엄버 워어어언
　　　당시인의 너엄버 워어언
　　　패애애애앤

작가에 대한 신뢰도를
떨어뜨리는 것 중 하나가 오문
비문이다.
종종, "그런 건 편집자가 하는
일 아냐?"라고
말하는 사람도 있는데 곤란한
태도다. 자기 문장은
자기가 책임져야 한다.

지_ 정유정의 문장은 단문의 간결함과 속도감이 특징이다. 혹시 본인만의 문장 훈련법 같은 게 있는가.

정_ 나는 이야기를 다루는 작가다. 내게 문장은 목적이 아니라 도구다. 문장은 이야기에 복무해야 한다고 믿는다. 바로 그렇기 때문에 문장 훈련을 열심히 한다. 문장을 내 손가락처럼 다룰 수 있어야 하니까. 습작 시절엔 지금보다 두 배 이상 시간을 썼다. 문장으로 예술을 하기 위해서가 아니라, 예술적으로 이야기를 쓰기 위해서. 같은 서술이라도, 문장이 선명하고, 아름다우면 이야기의 질이 확실하게 높아진다.

문장 훈련에 관한 한, 남다른 비법은 없다. 남들처럼 많이 읽고 많이 쓰는 것 말고는. 틈틈이 책을 보고 일정 분량의 글을 쓴다. 테마를 정해 자유로운 형식으로 쓰든, 일기를 쓰든, 청탁 원고를 쓰든, 필사를 하든. 문법 공부도 중요하다. 멋진 문장 이전에 정확한 문장을 구사해야 하니까. 작가에 대한 신뢰도를 떨어뜨리는 것 중 하나가 오문 비문이다. 종종, "그런 건 편집자가 하는 일 아냐?"라고 말하는 사람도 있는데 곤란한 태도다. 자기 문장은 자기가 책임져야 한다. 사전은 종류별로 갖고 있지만 어휘력을 목적으로 들춰보지는 않는다. 그보다는 다독과 필사가 더 좋다고 생각한다. 한 문장에 복수의 의미를 담는 방법, 평범한 단어를 기발하게 활용하는 방식, 문장 순서를 바꾸는 법, 위트와 유머 등을 동시에 배울 수 있다.

지_ 문장의 색이 확실한 만큼 문장에 대한 나름의 원칙이 있을 것 같다.

정_ 첫째, 필요한 것만 쓴다. 필요 없는 건 쓰지 않는다. 나는 이것을 '최소한의 원칙'이라고 부른다. 레이먼드 챈들러의 문장에서 배운 미덕이다. 언뜻 들으면 당연해 보이는 원칙인데, 지키기가 꽤 어렵다. 하고 싶은 말을 참아야 하고, 아까운 문장을 가차 없이 버려야 하니까. 사실, 이건 이래서 필요하고, 저건 저래서 필요하다고 우기고 싶을 때도 있다. 그 유혹을 뿌리쳐야 한다. 문장이 무언가를 표현하기보다 오로지 문장 자체로 빛난다면, 삭제해야 한다. 제 아무리 아름답고 심오한 문장이라 해도.

둘째, 미학성보다 정확성을 우선한다. 물론 아름다우면서 정확하게 쓸 수 있다면 고민할 필요도 없지만, 누구나 그런 축복을 받고 태어나지는 않는다. 이런 축복을 받은 대표주자로 나는 조용호 선배를 꼽는다. 아름답고 정확하고 우아하다. 고요한 밤에 그의 소설을 읽으면 소름이 돋고 가슴이 서늘해온다. 눈썹까지 꼿꼿해지는 느낌이다. 이런 문장을 쓸 수 있다는 게 신기하고, 읽을 수 있다는 것에 감사한 마음이 된다. 그의 소설들은 내 책상에서 가장 가까운 책장에 꽂혀 있는데, 종종 꺼내서 필사를 하곤 한다. 내 문장이 서툴고 유치찬란해서 접시 물에 코를 박고 싶은 날엔, 어김없이.

다시 하던 말로 돌아와서…… 단어 선택과 문단 구성에도 몇 가지 원칙이 있다. 동사는 수식어의 도움 없이 스스로 땅을 딛고 설 수 있을 만큼 튼튼한 걸 고른다. '뛰다'보다 속도나 모양새의 속성을 담은 '내닫다' '치닫다' '쇄도하다' 같은 동사를 선호한다. 이런 동사를 쓰면, '빨리' 뛰었다, 라고 쓰지 않아도 된다.

형용사는 아껴 써야 한다. 남용하면, 독자에게 작가가 원하는 느낌을 받도록 강요하는 꼴이 된다. 패션도 포인트가 지나치면 보는 이를 혼란스럽게 하지 않나. '아름다운 꽃'이라고 쓰는 대신 꽃의 모양이나 색깔, 주변과의 조화를 묘사하는 게 낫다. 아름다움은 독자가 알아서 느끼도록 남겨두시고. 또 하나, 당연한 것은 수식하지 않는 편이 좋다. 어떤 신문기사의 헤드카피를 예로 들어볼까? '눈부시게 아름다운 미모.' 원 세상에…… 눈부시게 안 아름다운 미모도 있나?

부사는 항생제 같은 거다. 한두 번은 확실한 효과가 있지만 자주 쓰면 내성이 생긴다. 가령, '너무'라는 부사를 습관처럼 쓰면 정말로 '너무'한 일에 썼음에도 전혀 안 '너무'한 일처럼 느껴진다. 문장이 야단스러워지는 면도 있고.

나는 단문을 좋아한다. 속도감 있게 읽히고 의미가 분명하게 전달되니까. 문제가 있다면, 단문만으로는 긴 문단을 구축하기 어렵다는 것이다. 문장들이 따로 놀거나 모래알처럼 서걱거리기 때문이다. 이를 극복하려고 접속사를 쓰다 보면 단문의 장점인 속도감이 사라진다. 단타 특유의 힘도 줄어들고. 그렇다고 문단을 짧게 자르거나 행갈이를 해대면 서술 흐름이 거칠어진다. 한 호흡으로 달려야 하는 긴 묘사는 꿈도 꿀 수 없다. 내 해결법은 문장과 문장 사이에 리듬을 넣는 것이다. 도치법, 주어나 동사 생략, 단독으로 부사 사용하기, '은, 는, 이, 가'의 활용, 장문과 단문 섞어 쓰기 등등을 총동원한다. 랩을 하듯, 한 문단이 쭉 읽히도록.

종결어미는 과거형을 기본으로 쓴다. 현재시제는 꿈이나 편지, 일기 등, 구별이 필요한 부분에만 쓴다. 소설은 '이미 일어난 일에 대한 서술'이라고 생각하기 때문이다. 우리가 말을 하고 있는 순간에도 시간은 흐른다. 불과 1초 전이라 해도 엄밀한 의미에서 현재가 아니다.

마지막으로 이건 개인적 취향인데, 감탄사는 웬만하면 쓰지 않는다. 대사에 쓰면 인물이 가벼워지는 느낌이고, 문장에다 쓰면 다음과 같은 느낌이 든다. 어때, 이 문장 죽이지!

목소리는 문체보다 중요하다

지_ 어떤 소설이든, 서술에 목소리가 실린다. 주인공의 목소리일 때도 있고, 작가의 목소리일 때도 있다. 그런데 당신의 경우에는 작가의 목소리가 거의 드러나지 않는다. 의도한 것인가?

정_ 종종 작가가 나서서 어떤 비판을 하거나 훈계하는 소설이 있다. 분명 틀린 말이 아닌데 받아들이기가 좀 불편하다. 어릴 때부터 동쪽을 가리키면 서쪽으로 가는 청개구리였던지라…… 그 점을 잊지 않으려고 애쓰는 편이다. 역지사지라고 하지 않나. 내가 불편하면 독자도 불편할 거다. 그리되면 정작 전해야 할 메시지까지 외면당한다. 이야기는 소설이 아니라 프로파간다가 된다. 그래서 목소리는 문체보다 더 중요한 요소다.

부득불, 내 목소리를 전면에 내세워야 할 때도 있다. 나와 화자의 목소리가 일치해야 하는 소설로, 《종의 기원》이 그런 예다. 이 소설의 목적은 순수 악인으로 진화하는 한 청년의 내면을 보여주는 것이다. 주인공 한유진이 사이코패스로서 진정성과 핍진성을 획득하려면, 자전소설의 기법을 빌려올 수밖에 없었다. 내가 한유진이라야 했으며, 한유진의 목소리는 곧 내 목소리가 돼야 했다. 즉 이 어린 사이코패스는 내 분신인 것이다. 나는 그 임무를 그럭저럭 해냈다고 생각한다. 소설이 출간된 후, 실제로 그런 얘기를 많이 들었다. 이 작가 진짜 사이코패스 아냐?

의도하건, 의도치 않건, 소설에는 작가의 일부가 녹아 있을 수밖에 없다. 과거든, 현재든, 사고방식이든, 성격이든. 이는 독자도 알고 있고 독자가 안다는 걸 나도 안다. 때문에 주인공을 미화하거나 허세를 떨고 싶은 때가 있다. 나를 무식쟁이로 볼까봐, 폭력적인 성격으로 단정할까봐, 비겁한 찌질이로 여길까봐. 그럴 때마다 생각한다. 작가는 도덕적으로 완벽한 성인이 아니라고. 세상 모든 것에 대해 답을 가지고 있는 전지한 존재도 아니고. 직업적으로 글을 쓰는 사람일 뿐이다. 이 점을 인정하지 않으면 위선을 떨게 된다. 독자는 작가의 위선을 예민하게 알아차린다.

위선자를 좋아하는 사람은 없다. 차라리 악당을 좋아할지언정. 누구나 그렇지만, 특히 작가에게는 솔직함이 중요한 미덕이다.

모든 묘사는 극화되어야 한다

지_ 소설에서 묘사는 서술만큼이나 중요한 역할을 하는 것 같다.
일단 생생한 실감을 안겨주지 않나. 바로 그 자리에 있는 것처럼
느껴지고. 주인공의 감정을 내 것처럼 고스란히 느끼기도 하고.

정_ 설명이 길면 지루하지만 묘사는 길어도 재미있을 때가 많다. 우
리 뇌의 정보처리 방식 때문일 듯싶다. 뇌는 추상적으로 생각하지
않는다. 이미지로 생각한다. 때문에 관념적이고 추상적인 것들까지
구체적으로 형상화돼야 한다. 독자가 막연하게 상상하도록 두어서
는 안 되는 이유다. 모든 묘사는 '극화'되어야 한다. 그것도 선명하게.
 습작 시절, 시간과 노력을 가장 많이 쏟은 부분이 묘사연습이
었다. 예전에도 한 이야기인데, 사소한 상황을 길고 의미 있게 묘
사해보는 방식이었다. 가령, '바퀴벌레 한 마리가 침대 밑에서 나
와 부엌 쪽으로 사라진다'는 한 문장을 A4 서너 장 분량으로 묘
사한다면 어떨까. 그 정도 분량을 채우려면, 바퀴벌레의 동선뿐
아니라, 침대 주변 풍경, 창밖으로 보이는 풍경, 거리에서 들려오
는 소리, 집 안에서 들려오는 소리, 내 의식의 흐름, 바퀴벌레로
인해 불쑥 튀어나오는 과거의 기억, 그로 인한 감정의 미묘한 변
화 등을 총동원해야 한다. 날마다 이 짓을 하고 있으려니 지겹고
괴로워 한숨이 날 때가 많았다. 소설만 잘 쓰면 되지 이따위 게

다 뭐야, 싶을 때도 있었고. 본격적으로 소설을 쓰기 시작한 후에야, 그 지겨운 훈련이 내게 하나의 무기가 되었음을 깨달았다.

지_ 묘사 훈련을 할 때 눈에 보이는 대로 무작정 쓰지는 않았을 것 같다. 질서정연하면서도 한눈에 보이도록 묘사하는 어떤 원칙이나 팁이 있나?

정_ 원칙까지는 아니고 몇 가지 팁은 있다. 묘사를 할 땐 내 눈을 카메라렌즈라고 상상한다. 눈으로 동영상을 찍고 있다고 생각하면서 풍경 묘사(공간과 이미지 묘사도 포함된다)를 하는 거다. 첫 번째, 주인공을 중심에 두었을 때, 가장 먼 곳으로부터 가까운 곳까지 줌인하는 방식이 있다. 노을이 지는 하늘, 말라 죽어버린 회색빛 나무, 꼬리를 흔들며 나무 앞을 오가는 강아지, 주인공의 발밑으로 구르는 낙엽…… 반대로 주인공으로부터 점점 더 멀어지고 넓어지는 방식이 있다. 다음으로 주인공을 가운데 두고 시계방향으로 도는 묘사가 있다. 집 안이나 사무실 등 시야가 막혀 있는 장소를 묘사할 때 유효하다. 물론 반대방향으로 돌아도 된다. 다만, 한 장면 안에선 오락가락하면 안 된다. 방향을 잡았으면 끝까지 같은 방향으로 돌아야 한다. 4시 지점에서 갑자기 9시로 갔다가 다시 1시로 돌아온다든가, 하면 피카소 그림이 된다. 전체로 보자면, 이런 방식들을 고루 활용하는 게 덜 지루하다.

두 번째로 상황 묘사가 있다. 나는 철저하게 화자의 시야에서 묘사하는 걸 선호한다. 가령, 교통사고 장면이라면, 주인공의 시야에 잡히는 사물과 충돌시의 신체적 움직임과 타격감, 느낌과 생각, 감정 등을 시간 순차로 묘사한다. 가까이에서 대화를 주고받거나, 몸싸움을 벌이거나, 누군가의 움직임을 주시할 때 행동 묘사를 하게 되는데, 이때 중요한 것은 디테일이다. 눈동자의 움직임, 숨소리, 솜털이 한 가닥씩 일어나는 것까지 섬세하게 그려내야 한다. 특히 몸싸움을 벌일 때의 묘사는 리얼리티가 중요하다. 나는 머릿속 그림을 믿지 않는다. 쓰기 전에 직접 해보는 쪽이다. 『종의 기원』의 마지막 장면은 남편을 동원해서 시뮬레이션을 해봤다. 키가 184센티인 남자가 조수석에 탔을 때, 운전하는 남자를 팔꿈치로 치고 발을 운전석으로 뻗어서 액셀을 밟을 수 있는지. 가능했다. 나는 안심하고 이 장면을 썼다.

가장 어려운 건 심리 묘사다. 우선 인간에 대한 폭넓은 공부가 필요하다. 먼저 평소 관련 책들을 공부해둬야 한다. 심리학뿐만 아니라 인문학, 인류학, 범죄학, 생물학, 의학, 동물학까지 인간에 대한 폭넓은 이해가 필요하다. 그래야만 인간을 바라보는 시야도 넓어진다. 인간에 대한 꼼꼼한 관찰도 필요하다. 타인은 물론, 자기 자신(실은 이게 더 중요하다)도 연구해야 한다. 내가 어떤 사람인지, 시간 날 때마다 들여다보는 게 좋다. 단, 정직하게 봐야 한다. 자존심, 자기애, 자의식, 방어기제 등이 방해가 될 텐데 그럴 땐 자신을 타인화시키면 좀 쉬울 것이다.

글을 쓰고 있는 시기라면, 자기 기억을 조사해보는 게 보탬이 된다. 《7년의 밤》 초반부에 잠수부인 안승환이 물속에서 죽은 세령과 맞닥뜨리는 부분이 나온다. 고민이 많았던 장면이다. 어떻게 하면, 이 살 떨리는 순간에 겪는 승환의 심리와 감정을 두려움이나 공포 같은 단어를 쓰지 않고 실감나게 묘사할 수 있을까. 독자가 승환과 똑같이 얼어붙어야 하는데…… 기억을 뒤지기 시작했다. 나는 언제 이와 비슷한 감정을 느꼈던가.

내가 태어난 동네엔 일제강점기 때 지어졌다는 물탱크가 있었다. 사용하지도, 철거하지도 않은 채 수십 년간 버려져 있는 구조물이었다. 어찌나 낡았는지, 녹슨 철문을 손끝으로 쓱 훑으면 벌건 가루가 부슬부슬 떨어져 내리는 지경이었다. 문 안쪽 손잡이마저 없어 일단 닫히기만 하면 안에서는 절대로 열 수 없었다. 나와 동네아이들은 돌을 말굽 삼아 문틈에 괴어서 항시로 열어두고, 수시로 들락거렸다. 위험하다는 생각은 거의 하지 않았던 것 같다. 사고치고 숨는 곳으로만 생각했지.

70년대 후반에 초등학교를 다닌 분들, 특히 시골 출신이라면, '서리패'가 뭔지 잘 알 거다. 순전한 재미로 남의 논밭이나 과수원에서 작물을 훔쳐 먹는 동네 꼬맹이패거리를 말한다. 주요 취급 작물은 콩이나 과일, 고구마 등인데, 논밭과 산야가 텅 비는 겨울에는 주로 무서리를 했다. 냉장 시설이 전무하던 그 시절, 무 장수들은 산 밑에 굴을 파서 무 저장고로 썼는데, 이 굴들이 서리패를 먹여 살렸다. 이미 눈치챘겠지만 나도 서리패의 일원이었다. 비록 서열은 낮았지만.

그날도 우리 패거리는 무서리를 나갔다. 평소 하던 짓이었으나 평소와는 달리 무장수한테 덜미를 잡히고 말았다. 우릴 잡으려고 마음먹고 아침부터 잠복을 하고 있었던 거다. 의리 따위 없는 조직인지라, 잡힌 놈은 신경 쓰지 않았다. 그저 제 일신의 안전을 지키느라 사방으로 흩어져 튀었다. 나는 물탱크로 튀었는데, 허둥지둥 뛰어들다 그만 돌을 발로 차서 문을 쾅 닫아버리고 말았다. 누군가 열어주지 않으면 나갈 수가 없는 상황이 된 거다. 그 누군가가 오는 데 긴 시간이 걸렸다. 얼마나 걸렸는지는 기억나지 않지만, 열 살 남짓한 여자아이가 그것도 혼자 지하물탱크에 갇힌 채, 기절하지 않고 버티기는 불가능한 시간이었을 거다. 그 누군가의 말에 의하면, 놀랍게도 나는 제정신 상태로 구출됐다.

수십 년의 세월이 흐른 후, 나는 그때의 기억을 되살려보려 애썼다. 몇 날 며칠 그 일만 생각했다. 어떻게 제정신으로 버티는 게 가능했을까. 컴컴하고 춥고 무서운 지하실에서, 그 긴 시간을 무엇을 하며 견뎠을까. 그때 몸은 어떤 반응을 했고, 머릿속에선 어떤 생각이 돌아가고, 시야에 무엇이 보였을까. 나가려고 애를 써봤던가? 못 나간다는 걸 재확인했을 때 나는 울었던가? 비명을 질렀던가? 노래를 불렀던가? 가만히 앉아 누군가 오기만을 기다렸던가? 기다리는 동안 앉아 있었던가, 서 있었던가. 어둠 속을 마구 걸어 다녔던가…….

되살려낸 기억이 맞든, 틀리든, 사실이든, 상상이든, 그건 중요하지 않았다. 그때의 감정을 오롯이 느끼는 것이 핵심이다. 느꼈다면, 그대로 쓰면 된다.

기억에 더하여 상상도 유용하다. 그 인물이 아침에 일어나서 밤에 잠들 때까지 뭘 하는지 상상해보는 거다. 인물이 늘 새벽 4시에 일어난다면, 우선 커피를 한 잔 마시고, 화장실로 직행한다. 평소 변비가 있다면 화장실에 오래 머물 것이고, 이에 대비해 미리 책 한 권을 가져다놨을 것이고…… 일과표를 짜듯, 인물의 일상을 상상하다 보면, 우리가 얼마나 다양한 행동과 복잡한 생각을 하는지 깨닫게 된다. 그 행동과 생각들이 사건과 사건 사이의 연결 고리를 만든다. 바로 전 장면으로 돌아가보자.

안승환이 세령을 만나고 와서 자기 집으로 돌아왔을 때 어떤 행동을 하는가. 뜨거운 물에 들어가서 목욕부터 한다. 욕조에 들어앉아 좀 전의 일을 되짚어보는 거다. 생각이 고통스럽게 흘러가자 잠수를 하듯, 물속으로 머리를 가라앉혀버린다. 세령의 죽음을 외면하기로 마음먹는 순간이다. 이 일, 물속에 얼굴을 처박을 때 안승환의 머릿속이 장면의 연결고리다. 다음 장에서 그는 외면의 대가로 오영제의 표적이 된다.

마지막으로 감정 묘사가 있다. 심리 묘사가 가장 어렵다면, 감정 묘사는 가장 중요하다. 인간의 행동은 대부분 이성적이지만, 그걸 결정하는 건 감정이다. 《종의 기원》에도 썼듯이, 감정을 제거하면 선택의 무게는 같아진다. 신발을 사는 것이나, 친구를 죽이는 것이나 별 다를 바가 없다. 이게 사이코패스의 사고방식이다. 그러니 주인공을 사이코패스로 만들지 않으려면 감정 묘사를 충실하게 해야 한다. 그렇다고 작가가 인물의 감정에 휘둘려도 곤란하다. 감정 묘사를 하려다 감정적인 이야기를 만들게 될 테니까. 감정의 깊은 곳까지 파고들되, 서술 자체는 냉정하고 무덤덤하게.

너도 알고 나도 아는 비유는 안 쓰느니만 못하다

지_ 문학을 읽는 즐거움 중의 하나가 무릎을 탁 치게 만드는 비유 법이 아닌가 싶다. 기발한 직유나 심오한 은유를 만나면 우선 드는 생각은 이거다. 어떻게 이런 생각을 하지?

정_ '이런 생각'은 드물게 찾아오고, 상시로 찾으러 다닌다. 제대로 찾아내면 나도 모르게 비명을 지를 만큼 기쁘다. 그 반대라면 머리를 벽에다 찧고 싶지. 내 생각은 이렇다. 신선한 직유나 은유는 이야기를 풍성하게 해주지만, 너도 알고 나도 아는 비유는 안 쓰느니만 못하다. 은유가 지나치게 심오하면 문장의 선명도가 떨어지기도 한다. 문장 속의 은유나 직유는 전혀 무관한 두 경우의 조합일 때 가장 신선해 보인다.

대사는 변형된 서술 혹은 해설이다

지_ 소설이나 영화의 대사는 일상의 대화와는 좀 다른 것 같다. 일상대화는 완결된 문장구조가 아닐 때가 많다. 중언부언도 많고. 반면 소설 속 대화는 그런 경우가 거의 없다. 대화를 만드는 방식은 어떤가?

정_ 대화와 대사는 다르다. 대사는 변형된 서술 혹은 해설이다. 일상적으로 주고받는 말들, "잘 잤니?" "응" "덥지 않았니?" "아뇨" 등은 대사로서 가치가 별로 없다. 그러므로 일상의 대화보다 정제돼야 한다. 여기에서 정제되어야 한다는 것은 품위 있는 언어를 써야 한다는 의미가 아니다. 꼭 필요한 것만, 그것도 최대한 압축해야 한다는 뜻이다. 짧은 말로 많은 걸 이야기해야 한다. 주인공이 툭 내뱉는 "씨발"이라는 한마디가 그저 욕설이어서는 안 된다는 거다. 대사를 주고 받는 상황이 길어질 경우엔, 대사 사이사이에 대화자들의 행동과 반응을 끼워 넣는 것도 좋다. 분위기를 알려주는 한 방법이 된다. (이때 긴장감을 조성할 수 있다면 더 좋겠지.)

방향과 목적도 분명해야 한다. 숨겨져 있던 정보를 알려준다거나, 복선을 깐다거나, 새로운 갈등을 만들어낸다거나…… 이런 조건들을 충족하면서도 평범한 대화처럼 들려야 하는 게 대사다. 자연스러운 구어체, 적절한 생략, 속어 등을 적절히 이용할 필요가 있다. 말투는 그 인물의 사회적 지위, 성격, 상황 등과 적절하게 어울려야겠지. 나는 대사를 쓴 다음 소리 내어 말해보고는 한다. 입에 붙으면 자연스러운 거다.

주제

이야기에 대한
작가의 세계관

지_ 당신은 주제를 먼저 정하고, 이야기를 끌어내는 편인가? 아니면 이야깃거리가 있을 경우 거기에 주제를 녹여 넣는 편인가? 왠지 후자일 것 같은 느낌적 느낌인데.

정_ 내 경우, 주제에서 이야기를 끌어내는 경우는 없다. 이야기 안에 주제가 들어 있으리라고 믿는 쪽이다. 주제에서 이야기를 끌어낼 경우, 교조적인 이야기를 만들어내기 십상이다. 작가가 직접 나서서 주제를 설명하거나. 주제에 집중한 나머지 이야기적 상상력이 제한되기도 한다. 덧붙이면 사랑, 죽음, 이별 같은 단어들은 주제가 아니라 테마다.

지_ 그 작가만의 주제, 즉 어떤 통일성을 주려고 일부러 노력하는 건 아니라는 얘긴가?

정_ 통일성은 그리 중요하지 않다. 내 소설의 통일성은 정유정의 '인장'에서 나온다. 다시 말하면, 누가 봐도, 저자를 가려놔도, 단박에 정유정표 이야기라는 걸 알아보게 만드는 데서 나온다. 그보다 중요한 건, 하고자 하는 이야기에 대한 세계관을 정립하는 일이다. 사람들이 좋아할 만한 세계관이 아니라 자신이 옳다고 믿는 입장을 가져야 한다. 그 입장이 편견이나 편향에 의한 것은 아닌지 검열도 해봐야 한다. 검증할 수 있는 틀도 마련되어야 한다.

그리고 틀림없이 그렇게 살아야 한다. 소설 속에서도, 실생활에서도. 그래야만 진실이 된다.

가령 《28》을 쓰기 전에 가장 먼저 한 일이 생명에 대한 세계관을 정립하는 것이었다. 소설을 쓰려면, 동물과 인간의 관계에 대한 확실한 내 입장이 있어야 했다. 쉬운 일이 아니었다. 아래와 같은 해결할 수 없는 모순이 나와 동물 사이에 버티고 있었기 때문이다.

'나는 동물의 고기를 먹는다. 그런데도 동물을 사랑한다고 스스로 믿는다. 정말로 사랑한다면 채식을 해야 옳지 않은가?'

긴 고민 끝에 결국 나 자신과 이렇게 합의했다. 나는 취향과 관련해 동물의 희생을 돈으로 사지 않겠다. 가죽 가방을 들지 않을 것이고, 가죽 옷과 털옷을 입지 않을 것이며, 가죽 신발을 신지 않을 것이다. 대신 그들의 몸을 최소한으로만 먹고 살아가겠다, 라고. 수십 년을 육식동물로 살아왔는데 하루아침에 소가 되는 건 불가능하지 않겠나. 하이에나가 풀을 뜯고 살아갈 수 없는 것처럼.

아직까지 그 합의를 지키며 살고 있다. 가죽과 털은 인조 제품으로. 고기는 먹고 싶어서 견딜 수 없을 때만. 덕택에 콜레스테롤 수치가 떨어졌다. 돈도 덜 든다.

중요한 건,
하고자 하는 이야기에 대한
세계관을 정립하는 일이다.
사람들이 좋아할 만한
세계관이 아니라
자신이 옳다고 믿는 입장을
가져야 한다.

지_ 하고 싶은 이야기와 할 수 있는 이야기의 차이가 있을 것 같다.

정_ 하고 싶은 이야기가 할 수 있는 이야기라면 최고로 좋을 것이다. 그게 일치하지 않는다는 건, 의지와 능력이 대립하는 경우다. 내 경우 전자를 포기한다. 프로라면 그래야 마땅하다고 생각한다. 할 수 없는 분야가 있다는 걸 인정하면, 포기 못할 것도 없다. 나는 SF를 좋아하지만 이야기할 능력은 없다. 그래서 이 장르는 독자로만 만족한다. 물론 처음부터 포기한 건 아니었다. 무엇이든 일단 덤벼보기는 한다. 이 일을 할 수 있는지 없는지 알려면 일단 해보는 것 말고는 길이 없으니까.

하고 싶은 이야기 대신 세상이 듣고 싶어 하는 이야기를 하는 것도 옳지 않다. 세상이 뭐라고 하든, 작가는 자신이 하고 싶은 이야기를 해야 한다. 그로 인해 듣게 될 비난이나 비판도 당연히 작가의 몫이다. 그래도 하고 싶은 이야기를 했으니 그게 어딘가. 세상에는 하고 싶은 말이 있어도, 하지 못하는 사람이 너무나 많다.

6부

탈고

이제 원고를
거꾸로 읽어보라

지_ 탈고는 언제 하나. 저절로 시기를 알게 되나?

정_ 그렇다. '한 번만 더 수정하고 끝내야지'라고 생각한다고 해서 계획대로 되는 건 아니다. 그냥 그 순간이 턱, 하고 온다. 더는 못해, 하는 순간. 그때가 되면 원고만 봐도 속이 울렁거린다. 그때가 오면, 더 고쳐봐야 더 좋아지지 않는다. 그때가 오기 전에 (그러니까 울렁증이 어렴풋이 느껴질 때) 서둘러 해야 할 일이 있다. 원고를 역순으로 읽어보는 것이다. 에필로그-3부 3장-2장-1장-2부 3장⋯⋯ 장 단위로 끊어서 뒤에서부터 읽는 거다. 일종의 '낯설게 하기'인데 한 번도 내 원고를 보지 못한 것처럼 생소한 느낌을 받는다. 이 생소함 덕택에, 매듭이 묶이지 않았거나, 떡밥 회수가 되지 않았거나, 등장시켜놓고 깜박 잊어버린 인물들을 찾아낼 수 있다. 덤으로 정상적인 문장 속에 숨어 있는 오문 비문도 잡을 수 있다. 출간된 책에서 오타나 오문 같은 실수가 나오는 건, 교정교열을 제대로 안 해서가 아니다. 오히려 너무 열심히 봐서 발견하지 못하는 경우가 대부분이다. 우리 시각과 뇌 구조가 그렇게 설계돼 있다고 한다. 틀린 곳이나 비어 있는 구멍을, 뇌가 먼저 메워버리는 것이다. 뇌의 명령을 받는 눈은 당연히 그걸 보지 못한다. '안 본 눈'이 절실한 순간이다.

지_ 탈고하면 바로 편집부로 보내나? 편집부와의 피드백은?

정_ 맞다. 퇴고 즉시 편집부로 보내버린다. 다시 보기 싫으니까. 울렁증이 사라질 즈음, 편집부에서 피드백이 온다. 이 부분은 늘어지는 느낌이라든가, 이 부분은 감정이 더 깊게 묘사돼야 할 것 같다든가. 본문으로 직행하는 것보다 프롤로그가 있었으면 좋겠다든가.

지_ 그런 의견은 얼마나 받아들이나? 기분이 상하는 경우는 없나?

정_ 다 받아들인다. 아주 드물게 내 고집을 세울 때도 있는데, 그게 잘 안 통한다. 그렇다고 해도 갈등은 거의 없다. 나는 쓰는 사람이지만 편집자는 이야기를 전문적으로 재편하는 사람들이다. 그러한 훈련을 받은 사람들이고. 그들의 능력을 믿는 게 좋다. 그들은 내 아군이고, 어떻게든 내 책을 멋지게 만들려는 사람들이다. 내게 손해가 될 행동은 안 한다는 얘기다.

지_ 제목은 어떤가.《7년의 밤》의 경우, 본인이 지은 제목을 퇴짜 맞았다던데.

정_ 내가 지은 제목은 '해피 버스데이'였다. '7년의 밤'이라는 제목은 편집부 작품이다. 독자들에게 이 얘기를 했더니, 만장일치로 제목 잘 바꿨다고 하더라. 사실, 나는 제목을 짓는 데 소질이 없다. 어쨌거나 제목은 필요하니까, 나름 고심해서 짓기는 하는데, 애착을 갖지는 않는다. 편집부에서 "이건 아니다"라고 하면 꼬리를 내린다.

지_ 다 쓴 소설을 서랍에 넣고 묵혀두는 기간이 소설가마다 다른데, 기간이 어느 정도인가? 텍스트를 객관화하는 시간이 필요하다는 건데.

정_ 일주일 정도. 스티븐 킹은 6개월 정도 묵히면서 그사이에 다른 소설을 쓴다는데, 범인인 나는 그렇게 못한다. 소설 두 개를 동시에 쓸 수 없는 인간이라…… 하지만 냉각기는 필요하다. 막 사우나에서 나와 뜨겁게 달아오른 몸으로, 러닝머신에 올라간다면 심장에 무리가 오지 않겠는가. 한 번 원고를 끝마칠 때마다 일주일씩 휴지기를 갖는다. 그 후, 1차 원고를 읽어보고, 문제가 뭔지 파악한 다음 2차 원고를 시작한다. 2차 끝내면 다시 일주일…….

지_ 등단 이후 계속 은행나무출판사에서 책을 내고 있다. 특별한 이유가 있나?

정_ 나를 가장 잘 알고, 가장 의지가 되고, 가장 마음 편하다. 내 소설을 공들여 설명할 필요도 없다. 원고를 보면 작가가 무슨 얘기를 하고자 하는지 알아서 알아차린다. 출간 방향도 늘 정확하게 잡는다. 이보다 더 큰 수혜가 어디 있겠나. 가능하다면, 작가도 홈그라운드를 갖는 게 좋다.

지_ 마지막으로, 다음 작품 계획은?

정_ 출간은 올해(2018년) 말이나 내년 초로 잡고 있다. 이제 초고 들어간 상태다. 일종의 판타지인데 나로서는 처음 써보는 장르다. 그래서 좀 떨린다. 잘 쓸 수 있을지. 어쨌거나 기다려달라. 최선을 다해 재미난 이야기를 갖고 돌아오겠다.

지_ 마지막으로 하고 싶은 말은?

정_ 지금껏 많은 이야기를 했지만 하늘에서 뚝 떨어진 내 고유의 것은 아니다. 선배 작가나 기존 작법서를 참고서 삼아 내게 맞도록 체화한 것이다. 이 책 역시 (예비 작가나 습작 중인 분들에게) 그런 식으로 활용될 수 있다면 더 바랄 게 없겠다.

정유정의

창작의
비밀

이 책은 소설가 정유정이 자신의 창작의 비밀을 알려주는 책입니다. 영업 기밀인데 괜찮겠냐는 우려의 말에도 아랑곳없이 솔직하게 자신의 이야기를 털어놓았습니다. 등단 과정의 고단함과 작가론도 있지만, '이야기를 이야기하는 법'이 이 책의 주를 이룹니다. 소재를 정하고, 개요를 쓰고, 자료를 조사하고, 배경을 설정하고, 형식을 정하고, 등장인물을 창조해내고, 초고를 쓰고, 플롯을 짜고, 1차 수정을 하고, 서술을 하고, 주제를 정하고, 탈고를 하고, 제목을 찾는, 정유정이 소설을 쓰는 모든 과정에 대해서 정유정이 설명을 합니다.

저는 대체 불가의 아이콘을 좋아하고, 고난을 통해 서사를 만들어가는 사람들을 사랑합니다. 정유정 작가와 인터뷰를 하면서 가장 많이 든 생각은 '프로의 자세는 이래야 하는구나. 프로는 아름답다'는 생각이었습니다.

철학자 키에르케고르는 "인간을 유혹하지 못하는 자는, 인간을 구원하지 못한다"고 했습니다. 이 책에는 정유정이 인간을 유혹하기 위해, 혹은 구원하기 위해 얼마나 처절하게 고민하고 노력하는지가 담겨 있습니다.

왜 생존에 관한 이야기에 그렇게 집착하냐는 말에 정유정은 "나는 기본적으로 생존 욕구가 강한 사람이고, 살아남기 위한 삶을 살아왔다. 그러니 생존에 관한 이야기를 하게 된 건 자연스러운 일일 것이다"라고 답합니다. 정유정의 글쓰기는 스스로를 유혹하고, 구원하기 위함이었는지도 모르겠습니다.

소설가 김영하는 "제 장래희망은 소설가예요. 장래에도 계속 소설을 써야죠. 지금도 소설가지만, 장래 희망도 소설가입니다. 20년 후에도 소설가이기를 바라고요. 특별한 계획은 그것밖에는 없어요. 소설을 계속 쓴다는 것이죠"라고 말한 적이 있습니다.

이미 인정받은 압도적인 이야기꾼인 정유정 역시 같은 말을 합니다. "내 장래희망은 진짜 '꾼'이 되는 것이다." 이 책에는 진짜 꾼으로 남고, 인정받기 위한 정유정만의 비법이 담겨 있습니다.

정유정은 "소설가가 '여기 시체가 있다'라고 말하는 것은 직무유기다. 독자에게 시체를 안겨줘야 한다"라고 말합니다. 그리고 자신의 작품에서는 파리 한 마리도 그냥 날아다녀서는 안 된다고 말합니다. 그런 묘사와 태도는 '세심함을 넘어 강박적이라는 느낌을 준다'(손아람 작가)는 평가를 받기도 하지만, 정유정은 아랑곳하지 않는 것 같습니다. 그렇게 해야만 스스로 만족할 수 있는 사람이고, 작가인 거죠.

무라카미 하루키는 〈파리 리뷰〉와의 인터뷰를 통해 "지금도 제 글쓰기의 이상은 챈들러와 도스토옙스키를 한 권에 집어넣는 거예요. 그게 제 목표랍니다"라고 했는데, '대중성은 강하나, 문학성은 약하다'는 편견에 시달려왔던 정유정의 목표도 그것으로 보입니다.

〈파리 리뷰〉와의 인터뷰를 통해 소설가 줄리언 반스는 "적어도 지금까지는 심리학적 복잡성과 자기 성찰, 숙고를 소설처럼 다룰 수 있는 대체물은 없어요. 영화의 기능은 소설과 많이 다르고요. 시드니에서 임상 치료를 전문으로 하는 정신과 의사 친구가 있어요. 그는 광기에 대한 셰익스피어의 묘사가 임상적 관점에서 보면 절대적으로 완벽한 설명이라고 주장해요"라고 말합니다.

정유정 역시 "소설은 인생의 카탈로그를 제공하면서 다른 사람들에게 살아보지 않은 삶에 대해서 생각해보게 만드는 기능이 있다"고 말합니다.

소설가 정용준은 "정유정의 소설을 생각하면 두 개의 단어가 떠오른다. 하나는 '디테일'이고 다른 하나는 '악'이다. '디테일'은 앞서 언급했던 핍진성과 연관되는 일종의 물리적인 인상이고 '악'은 소설의 심장 혹은 핵심을 표현하는 정서적인 인상이다"라고 했습니다. 이 책에는 정유정의 디테일이 어떻게 구현될 수 있었는지, 정유정이 악에 대해 천착하는 이유도 나옵니다.

"나는 소설을 두 가지로 구분한다. 생각을 하게 만드는 소설, 체험하게 하는 소설. 내 소설은 후자에 속한다"고 정유정은 말합니다. 그간 한국에서는 체험하게 하는 소설이 생각하게 만드는 소설보다 하위 장르인 것으로 인식되어왔습니다. 그 편견을 정유정은 깨고 있습니다.

어떤 독자의 말대로 정유정이 100살까지 살아서 좋은 이야기를 많이 남겨주기 바랍니다. 한국 문학의 '축복 같은 벼락!'으로 남아주길 바랍니다. '야매로 이빨 4년 뺐다고 치과의사 되냐?'고 악플을 단 사람이 나중에 스스로 부끄럽게 생각할 수 있게 되기를 바랍니다. 그리고 정유정의 작법을 통해 수많은 후배 소설가들이 등장하기를 바랍니다.

2018년 6월 5일

지승호

아리스토텔레스, 《시학》

로버트 맥키, 《STORY》, 고영범 옮김, 민음인, 2002

스티븐 킹, 《유혹하는 글쓰기》, 김진준 옮김, 김영사, 2002

로널드 B. 토비아스, 《인간의 마음을 사로잡는 스무 가지 플롯》, 김석만 옮김, 풀빛, 2007

마크 롤랜즈, 《늑대와 철학자》, 강수희 옮김, 추수밭, 2012

브라이언 보이드, 《이야기의 기원》, 남경태 옮김, 휴머니스트, 2013

조너선 갓셜, 《스토리텔링 애니멀》, 노승영 옮김, 민음사, 2014

유발 하라리, 《사피엔스》, 조현욱 옮김, 김영사, 2015

프란스 드 발, 《동물의 생각에 관한 생각》, 이충호 옮김, 세종서적, 2017

켄 키지, 《뻐꾸기 둥지 위로 날아간 새》, 정회성 옮김, 민음사, 2009

스티븐 킹, 《미저리》, 〈사계〉, 《살아있는 크리스티나》, 《별도 없는 한밤에》, 조재형 외 옮김, 황금가지, 2004~2015

카를로스 루이스 사폰, 《바람의 그림자 1, 2》, 정동섭 옮김, 문학과지성사, 2005

요시다 슈이치, 《악인》, 《분노》, 이영미 옮김, 은행나무, 2008, 2015

W. E. 보우먼, 《럼두들 등반기》, 김훈 옮김, 은행나무, 2014

정유정, 이야기를 이야기하다
소설은 어떻게 쓰여지는가

1판 1쇄 발행 2018년 6월 20일
1판 5쇄 발행 2021년 11월 10일

지은이 · 정유정 지승호
펴낸이 · 주연선

(주)은행나무
04035 서울특별시 마포구 양화로11길 54
전화 · 02)3143-0651~3 | 팩스 · 02)3143-0654
신고번호 · 제 1997-000168호(1997. 12. 12)
www.ehbook.co.kr
ehbook@ehbook.co.kr

ISBN 979-11-88810-12-3 03810